G米軍野戦病院跡辺り

大城貞俊

Liberal Arts
Publishing House
人文書館

カバー装画
根本有華「アマレット」(2003年)

大扉
鈴木一誌「植物のレイアウト」(2000年)

中扉版画
田主 誠「ガジュマルの樹の下で」(2008年)

G 米軍野戦病院跡辺り

目次

第一話

G米軍野戦病院跡辺り

1

「ここだよ、ここ。確かに、ここに骨を埋めたんだよ……」

和恵《かずえ》は感慨深げにしゃがみ込むと、手前の雑草を払い、土を掴《つか》んで匂いを嗅いだ。真夏の朝の太陽が和恵の背中を照らし、目前に影を長く映している。サンサンサン……と、蝉の鳴き声が辺り一面に響き渡っている。鳴き声は、大きく枝を張ったホルトの樹から聞こえてくるようだ。

和恵は立ち上がってもう一度辺りを見回す。ギンネムの低木やススキが乱雑に生い茂っている。足元には、背の高いアワユキセンダン草が、白い花を付けて咲き乱れている。ここがG米軍野戦病院跡の死体埋葬場だ。昭和二十年五月、ここに母と妹の遺体を埋葬したのだ……。

「姉《ネエ》さん……、やっぱりここに間違いないよ。俺もそう思うよ。ここから確か、そう、あのガラマン岳が、あの方角に見えたよ……」

弟の秀次《ひでじ》が、懐かしそうに遠方のガラマン岳を指さす。傍らで忠栄《ちゅうえい》さんが麦藁帽子を被ったままで見上げている。和恵も、秀次が指さす方角を見た。そこには、鬱蒼と繁った森がある。現在は米軍の野戦訓練場になっている。和恵たちは、その山の麓で銃撃戦に巻き込まれたのだ……。

「それでは皆さん、そろそろ始めたいと思います。どうか、テントの中へお集まりください。よろしくお願いします」

村役場の担当職員が、声を張り上げて周りの人々へ呼び掛けている。和恵や秀次の他に、遺族が百人ほど集まっている。

「皆さんがおっしゃるように、遺体の埋葬地はこの一帯に間違いありません。ここには、沖縄戦当時、米軍の野戦病院がありました。仮設の病院でしたが、本島各地から傷ついた多くの民間人が運ばれてきました。戦禍が進むにつれて、負傷者の数も増えていきましたが、余りにもたくさんの人々が、次々と死んでいくので、病院近くの雑木林の中には、急遽、埋葬地が設けられました。その一つが、この地です。ここには、約四、五百名ほどの遺体があると言われています。先日ご説明申し上げたとおり、今日は、まず、みんなでウガン（御願）をしてから、その後に重機で、表面の雑木を凪《な》いで、平地にします。その作業が四、五日かかります。みなさんには、それが終わって、来週の始めから、鍬《くわ》やスコップを使ってもらいます。数週間に渡る作業になると思いますが、ひとつ、よろしくお願い致します。それでは、どうぞウガンを始めますので、テントの中へお入りください……」

担当職員の長い口上に誘われて、遺族たちは次々とテントの中へ入っていく。この地での発掘が終われば、次はK第一埋葬地、その次は、K第二埋葬地、その次はK第三埋葬地……等へ、進んでいく。当時、このG米軍野戦病院跡の埋葬地だけでは遺体を収容出来ず、近くの村々の空き地を利用して、次々と埋葬地が作られたのだった。

今回の発掘のきっかけになったのは、この地に村営の体育館が建設されることになったからだ。三年後に国民体育大会が開催されるが、このG村でも、バレーボール競技の大会が誘致され、開催が決定された。その競技会場として大きな体育館を建設する必要があり、この埋葬地跡周辺が候補地として選ばれたのだ。

遺骨収集には、村の教育委員会が中心になり、村の長老や、当時野戦病院に勤めていた人々などが集まって実行委員会が結成された。約一年間の準備が進められ、収骨作業についても、新聞やラジオを通じて、広く関係者へ呼びかけがなされていた。和恵も、新聞での広告を見て、すぐに弟の秀次に相談し、一緒に参加することを決めたのだった。戦後三十八年間、ずーっと気になっていたことだ。

村役場のホールでは、先日遺族を集めた説明会も開催された。その説明会にも、秀次と一緒に参加した。説明会の後、村内にある埋葬地の、それぞれの地の「埋葬者名簿」が遺族に閲覧された。

当時、作成された名簿は、K第一埋葬地以外は、ほとんどの埋葬地が不十分な名簿だということだった。中には、確かに数百人の遺体が埋葬されていると思われるのに、埋葬者名簿が作られていない埋葬地もあったという。戦時中の混乱や遺体の身元の確認が困難であったことによるものと思われるが、その意味では、ゼロからのスタートであった。

実行委員会は、出来るだけ正確な埋葬者名簿を作りたいとして、一年余もかけて名簿作りの作業を進めた。常時、名簿を開示しながら、村民や関係者への協力を求め、着々と整備されていった。正確な名簿にするために、さらに説明会に参加した遺族にも協力が求められ、閲覧にも供されたのだった。

そんな村当局の説明を聞いて、あるいは、という不安が兆したが、その不安はすぐに払拭された。妹孝子《たかこ》の名前も、母、嘉手苅《かでかる》トシの傍らにしっかりと記載されていた。改めて、村当局の熱意に感謝したい思いだった。

テントの中の祭壇で香が焚かれ、やがて辺り一面に匂いが漂った。参加者全員がテントの中に入り黙礼をし、合掌をした。坊さんの読経の声が辺り一面に響き渡る。その声は、周りで喧《やかま》しく鳴く蟬の声と合わさって不思議なハーモニーを奏でて参加者の耳元に届く。

村当局の代表者のあいさつが始まり、辛かった戦争、そして遺骨収集までの長かった道のりのことが感慨深く語られた。

「和恵さんは当時、幾つでしたか……」

傍らの忠栄さんが、汗をふきながら、和恵の方を向いて尋ねた。

「ちょうど、十六歳……」

和恵が感慨深げに答える。

「俺は、十歳……。死んだ孝子姉さんが十三歳だったかな……」

和恵の傍らに立っている弟の秀次が、和恵の返事に付け加えた後、忠栄さんに尋ねる。

「忠栄さんは、戦時中は、何歳でしたか?」

「私は、当時は二十三歳。南部の摩文仁《まぶに》の戦場で戦っていた。激しい戦いだった……」

忠栄さんは、今はコザ市場で時計店を営んでいる。和恵は、忠栄さんと知り合ってから、ずーっと懇意にしてきた。今日の遺骨収集の話をすると、一緒に手伝いたいと申し出て参加してくれたのだ。

「さあ、それでは、ウガンも終わりましたので、いよいよ重機を入れます。先日も説明しましたように、今日は重機の作業だけになります。みなさんの作業は、来週の月曜日からのスタートになります。よろしくお願いします。もちろん、本日も、時間の許す限り、ブルドーザーの作業を見守っていただきたいと思います。本日は、どうも有り難うございました」

担当者のその言葉を待っていたかのように、傍らに待機していた二台のブルドーザーにスイッチが入り、次々と唸り声が上がった。耳をつんざくような大きな音だ。蝉の鳴き声もかき消されるかのようである。実際、この音に驚いた蝉が、数匹ホルトの樹から飛び立った。

二台のブルドーザーは、黒い煙を吐き出しながら、ゆっくりと動きだした。雑木をなぎ倒し、表面の土を削り始めた。大木は、既に切り倒されている。

関係者を集めた村当局の説明会の日、ブルドーザーを入れることに、数人の遺族が反対意見を述べていたが、荒々しいブルドーザーの動きを見ていると、何だか重機の導入に反対していた遺族の気持ちが理解出来るような気がした。遺体が踏み潰されてしまいそうで、悲しかった。

和恵と秀次は、毎年旧盆の季節になると、示し合わせて一緒にこの地で香を焚き、花を手向けてきた。この地で眠る母と妹に、いつの日か遺骨を収集し、立派な墓を作って安置することを誓ってきた。やっとその日が巡ってきたのだ。

村当局の計画に合わせて、弟の秀次が、今年中に墓を作る算段も整っていた。あとは、母と妹の遺骨を見つけるだけだ。なんとか、遺骨を探したいと思った。だが、見つけることが出来るだろうか。和恵は一抹の不安をぬぐい去ることも出来なかった。戦後三十八年が過ぎたのだ。

ウガンが済んだテントの中には、この日も新たに作られた各地の埋葬者名簿が数冊並べられていた。十数名の遺族がまだ残っていて、そこで静かに閲覧していた。

和恵も、再び各地の埋葬者名簿を注意深く閲覧した。母トシと妹孝子の名前を確かめたかっただけではない。和恵には閲覧する目的が、もう一つあった。ヨナミネという名前を見つけたかったのだ。何度も頁を捲ったが、やはり、どの名簿にもヨナミネの記載はなかった。もう一度、母と妹の名前が記載された埋葬者名簿を捲った後、その場所を離れた。

「母さんが死んだのは、四十三歳……。今の私より十歳余も若かったんだね……」

和恵は、抑えに抑えていた感情が今にも溢れそうだった。思わず、独り言をつぶやいた。そうでもしないと、泣き出してしまいそうだった。

忠栄さんや秀次は、和恵の言葉に応えなかった。ブルドーザーの動きをじっと見続けていた。

和恵と秀次と忠栄さんの三人は、ウガンが終わっても、午前中は、ブルドーザーの作業を見守ろうと話し合っていた。たぶん、すぐにはこの地を立ち去ることは困難だろうと思ったからだ。そうして、よかったと思った。

遠方のガラマン岳から、米軍の実射訓練をする砲弾の音が鳴り響いた。和恵は、思わずその方角を見上げた。

2

和恵たちが、G村の山中に迷い込んだのは、昭和二十年四月の末ごろであった。生家のある本島中部の知花《ちばな》村を出発してから、三、四日が経過していた。たぶん、米軍が沖縄本島へ上陸した四月一日を、三週間ほどは過ぎていたはずだ。

父は、すでに召兵されて一年余が過ぎていたが、音信が途絶え、戦地は分からなくなっていた。それゆえにか、母は米軍が本島に上陸した、という噂が飛び交っても、すぐには避難しようとはしなかった。父と一緒に暮らした家や村を離れたくなかったのだと思う。次々と村人が、村を離れて北部の山中へ避難を開始して行くのを見ながらも、ねばり強くじっと我慢をしていた。しかし、米兵の姿が村の近くで見られたという噂が駆け巡り始めると、母はやっと重い腰を上げた。そのころには、すでに本島中南部は、激しい戦火に巻き込まれていた。

決断をしたら、母の行動は素早かった。あるいは、覚悟は決めていたのかもしれない。あっという間に手荷物を整えて、和恵や秀次たちにてきぱきと指示を出して、本島北部の山中を目指して、家を後にした。

昼間は米兵に見つかるのを恐れ、山中に身を潜めた。時には、人目を気にしながら、用心深く、山中の道なき道を、木漏れ日を見上げながら分け入って進み続けることもあった。夜は、村道に降りて、月明かりを頼りに、ひたすら北へ向かって歩き続けた。

「突然だったなあ、あの爆発音は……」

弟の秀次が、和恵の傍らで、ぽつりとつぶやいた。

「秀次……、あんた今、なんて言ったの？」

「あの爆発音さ。お母《かあ》や孝子が死んだ山中での爆発音だよ」

「アイエナー（あれ、まあ）、あんたは、今私と同じことを考えていたんだね」

「本当か？」

「本当だよ……。死んだお母や孝子がそうさせたのかね」

和恵は、思わず秀次の顔を見上げた。

「そうだな、そうかもしれないな……。だが、俺たちは馬鹿だったよなあ。知らなかったとはいえ、米兵と日本兵とが睨み合っているただ中に飛び込んで行ったんだからな。まったく、どうかしていたんだよ……」

そうだったのだ。近くで、突然銃撃の音が鳴り出したかと思うと、すぐに大きな爆発音が鳴り響いて、気を失ったのだった。

和恵が気がついたのは、G米軍野戦病院のテントの中だった。傍らには、重傷の母が、まだ意識を失ったままでベッドに寝かされていた。その傍らに膝をつくようにして秀次が座っていた。秀次は腕に白い包帯を巻いていた。

米軍は沖縄本島上陸後、間もなくG村に野戦病院を設置した。大型の野戦テントを並べ、どのテントにも詰め込むように木製の簡易ベッドが並べられた。蒸し風呂のようなテントの中で、うめき声を漏らしながら手当を待つ者、ウジ虫が傷口からわいたままで死んでいく者など様々であった。

「秀次……」

和恵が振り絞るような声で呼び掛けると、秀次は顔を上げて和恵を見た。そしてすぐににじり寄って泣き出した。いや泣き顔をしているのに、秀次の泣き声が聞こえないと思った。和恵の耳が聞こえなくなっていたのだ。

和恵は、自分の身体の至るところに包帯が巻きつけられていることに気がついた。そして、どの包帯からも、赤い血が滲んでいた。その時、秀次は、妹の孝子が死んだことを和恵に告げたというが、和恵は聞き取れなかった。体中に痛みが走って、また気を失った。次に目を覚ました時、傍らに母の姿はもうなかった。

「孝子は即死で、母さんは、翌日テントの中で死んだ……。姉さんは、全身血だらけで、二日間眠り続けた。もう姉さんも死ぬかと思ったよ……。目が覚めても、鼓膜がやられていて、きょとんとしているし……、気が狂ったのかなと思ったよ」

秀次が、少し笑みを浮かべながら、当時を振り返り、和恵と忠栄さんを交互に見ながら話した。

ガラマン岳の砲弾の音は、空耳だったのかもしれない。砲弾の音は、二度とは聞こえなかった。山中の木々の間から煙が上がったようにも見えたが、それも錯覚だったのだろうか。

和恵と秀次と忠栄さんは、テントの中の椅子に座りながら、ブルドーザーの動きを目で追い、ぽつりぽつりと当時のことを語り合った。あるいは、それぞれの思い出の中に沈んでいた。

米軍は、その時、G村の背後の山々に潜む日本軍の敗残兵の掃討戦を行っていたのだ。日本軍の立て籠もる陣地壕を目がけて打ち込んだ砲弾が、和恵たち家族の上に落ちたのだった。

米軍は、被弾した和恵たちを救出してくれたが、意識を失っていなかったのは秀次だけだった。妹の孝子は即死、母トシと和恵は、意識を失っていた。秀次だけが、幸いにも腕や頬にかすり傷を負っただけだった。

「俺の目の前に、アメリカ兵がやって来た時には、本当に驚いたよ。それこそ大男だったからなあ。馬みたいだった。青い目をして、顔が赤くて、訳の分からない言葉をしゃべるんだ。逃げ出したかったよ。逃げることが出来なかったのは、腕の傷が痛かったのと、恐くて腰を抜かしていたからさ……」

秀次は、十歳。無理もないことだ。あるいは、和恵だって気を失っていなかったら、逃げ出していたのではないか。逃げ出していたら、あるいは助からなかったかもしれない……。

妹孝子の死体と母トシの死体は、野戦病院の死体埋葬地に葬られたのだ。秀次と和恵は、大人たちが行うその埋葬作業に立ち会った。和恵は、まだ全身の包帯がとれずに、よろけるようにして、その作業を見守ったのだった。

3

G米軍野戦病院で、和恵に、いつも優しい言葉を掛けてくれる米兵がいた。二世の兵士で、名前はヨナミネといった。

「和恵さん、元気出すんですよ。頑張るんですよ。病気を治すには、気持ちが大切です。

いいですね。きっと、良くなりますよ」

　ヨナミネは、背が低く、丸い眼鏡を掛けていた。米軍医師の通訳として働いていたが、医師の診察が終わっても、必ず和恵に声を掛けて励ましてくれた。

　野戦病院は、ＡＢＣＤＥＦ……と、番号の付いたテント小屋が幾つも建てられており、そこに折り畳み式の木のベッドを置いて、たくさんの患者が横になっていた。中央には、丸いトタン屋根と板壁のあるかまぼこ型のやや大きめな建物が一つあったが、そこが集中治療室で、手術などはそこで行われた。

　手術は、米軍の軍医が行ったが、集中治療室の医師には、日本人の医師も数人いた。

　手術が済むと、すぐに周りのテントへ移された。テントは数個がかたまって一群を形成しており、中央の集中治療室から放射線状に延びていた。そのテント群にも、米軍の衛生兵が数人ほど常時配置されていて、患者の様子を伺い容態を管理していた。

　看護を手伝う者は、ほとんどが沖縄の婦女子であった。もちろん、全員が看護の資格を有しているかどうかは疑わしかったが、若くて元気のある婦女子は、すぐに看護の仕事を手伝わされた。それでも人手が足りないぐらい、瀕死の重傷を負った怪我人や病人は、次々と運び込まれてきた。

野戦病院へ運び込まれてくるのは、負傷者だけではなかった。戦争で疲弊した老弱男女の難民も混じっていた。あるいは、彼らも病人と呼べたかもしれない。皆一様に、痩せ細り、頰は落ち、衣服は汚れていた。それらの人々が、毎日、次々と中南部の激戦地から搬送されてきたのだ。中には運び込まれてくるトラックの中で、すでに死んでいる者もいた。

死亡すると、数日間、身元を確認するために、野戦病院横の遺体安置所に安置された。遺体安置所といっても、ただ屋根がついているだけの粗末な小屋で、常に腐臭が漂っていた。それを避けるために、中には遺族や身元が確認されないままに埋葬される遺体もあった。

トラックは、一日数回やって来た。トラックから降ろされた人々は、おおざっぱに三組に分けられた。一組はすぐに傷の手当てを必要とする重傷者で、しばらくテントの中で養生をする者、一組は、軽傷で傷の手当てをした後は、民間人専用の近くの捕虜収容所に送られる者、もう一組は日本軍兵士たちで、重傷患者以外は、G村から十数キロも離れたY捕虜収容所へ送られた。

もちろん、G米軍野戦病院には患者だけが収容されているわけではなかった。怪我が回復しても、そのまま留まる者もおり、難民キャンプの様相をも呈していた。それゆえに、皆が力を合わせて助け合っていた。

テントの中には、窯が作られ、炊《た》き出しをする者たちが集うテントもあった。また、洗濯、掃除、食糧調達、そして、死体埋葬をする者など、様々な仕事を担う人々が身を寄せ合って住んでいるテントもあった。G米軍野戦病院は、そのような人々をも有しながら、次第に周辺に膨らんでいったのである。

集まった人々は老弱男女、様々であり、兵士も一般人も村人もいた。ただ違うのは、野戦病院と名が付くだけに、毎日、毎日、次々と死んでいく人々が絶えないということだけだった。

地元のG村の人々も、積極的に野戦病院の仕事を手伝った。戦時中であったが、形勢は米軍が本島に上陸した後、一気に米軍の側に傾いており、だれの目にも日本軍の敗戦は、間近に迫っているように思われた。

和恵の全身には、いたる所に砲弾の破片が食い込んでいた。命を取り留めたとはいえ、脚、腕、頬、胸から、いくつもの破片が摘出された。左頬からの破片を摘出した後は、肉が削げ落ちて陥没したような顔形になり、痛みはいつまでも尾を引いて残った。

和恵は、中央の集中治療室から一週間後にFテントに移された。そこでも、包帯を取り替えたり、消毒薬を塗ったりと治療は続けられた。しかし、母と妹を埋葬してからは、食欲もほとんど失っていた。さらに、右の耳が聞こえなくなっていることが、生きる意欲をも失わせていた。そんな和恵を、二世のヨナミネは、何かと気遣って励ましてくれたのである。

「お母さんと妹さん、残念でしたね……。でも、弟の秀次さん、元気でいるよ。秀次さんのためにも、頑張らないと駄目よ。耳は、もうすぐ良くなると、お医者さんは言っていたよ。和恵さん、元気出さないと、秀次さん、困るよ……」

ヨナミネは、笑いながら和恵の傍らに立ち、丸い眼鏡を光らせながら、幼い秀次の頭を撫で、いつも明るい笑顔で和恵に話しかけるのだった。

4

ヨナミネが予告したとおり、和恵の耳は、数週間も経つと聴力を回復し始めた。かすかにではあるが相手の言うことが聞こえるようになった。和恵は、はにかみながらそのことをヨナミネに告げると、ヨナミネは手を広げて、大げさに喜んだ。和恵の出身地が本島中部の知花村だと知ったときは、さらに大げさに手を広げた。

「びっくりしたよ……。私の父さんも、知花村の出身なんだよ。偶然だね。珍しいよ。嬉しいよ」

ヨナミネはそう言って、和恵の背中に手を回し、軽く抱擁した。和恵は一瞬のことで戸惑ってしまい、胸がどきどきした。たぶん、顔を少し赤らめていたに違いない。男の人を、そんなに近くで感じるのは初めてだった。

考えてみると、戦前に数軒の人々が、知花村の土地を離れて、ハワイへ移住したことを、父から聞いたことがあった。たしか、その中にはヨナミネという名の人々も含まれていたような気がした。

そんな曖昧な記憶を語ると、ヨナミネはそれだけで喜んだ。

「私の父は、貧乏だった。子沢山の農家の末っ子だった。祖父も、また末っ子だった。私もまた末っ子だよ。父は耕す畑も少なかった。だから、二十歳の時、両親と別れて沖縄を離れ、ハワイへ渡ったんだ。父は一所懸命働いて、沖縄から花嫁さんもらった。そして、私を生んだ……」

ヨナミネは、懐かしそうに、そう語った。

和恵は、なんとかそのヨナミネ家のことを思い出そうとしたが、なかなか思い出すことが出来なかった。たしか、おじいちゃんとおばあちゃんは、村のアシャギ（祭事の際、神を迎える茅葺きの小屋）前に住んでおり、孫たちが庭先で遊んでいたようにも思う。

「私は、父さんに描いてもらった地図で、おじいちゃん、おばあちゃんの住む家を探した。でも、みんな吹っ飛んでいた。家、無かった……。おじいちゃん、おばあちゃんも、どこへ行ったか分からない。探しているんだ……」

ヨナミネの蒲助《かますけ》おじいだ。和恵にも記憶がだんだんと蘇ってきた。日が暮れるまで、山羊の草を刈っていた蒲助おじいだ。

「ヨナミネのおじいちゃんのことなら、私、知っているよ。大きなガジュマルの樹のある家に住んでいたよ……」

和恵は顔を上げて、しかし小さな声でヨナミネに言った。

「そうなんだ、ガジュマルの樹のある家に住んでいたんだよ。でも……、その家、無くなっていた。ガジュマルは残っていたが……」

そんなことがあるだろうか。和恵たちが、村を離れた数週間で、家々は焼き払われたのだろうか……。ヨナミネ家の人たちは、和恵たちよりも早く、みんな避難したはずだったが、どこへ避難したのだろうか……。

傍らから、秀次が言い足した。

「俺もその家、知っているよ……。戦争が終わったら、俺が連れていってやるよ」

「有り難う、秀次。有り難う、和恵さん。ぼくも頑張るから、秀次も、和恵さんも、一緒に頑張ろうね。戦争、もうすぐ終わるよ。平和になるよ」

ヨナミネは、和恵たちと同郷であることを知って、いよいよ二人の姉弟に親切にしてくれた。

ヨナミネは、二世と言っても言葉が少しぎこちないだけで、容貌は沖縄の人々とまったく同じだった。和恵に、松葉杖を工面してくれたのもヨナミネだった。松葉杖がいらなくなっても、しばらく傷の手当てが必要だろうと言い、捕虜収容所ではなく、野戦病院のテントでそのまま寝泊まりが出来るように手配をしてくれたのもヨナミネだった。

ヨナミネは、あるいは和恵にだけでなく、故郷のすべての人々に大きな愛情をもって接していたのかもしれない。だが、和恵には、特別な行為をもって自分の面倒を見てくれているように思われて仕方がなかった。

和恵の健康は徐々に回復した。左頬の陥没した傷は残ったが、すべての包帯がとれるまでになった。時々、身体全体が、じんじんと疼くような痛みを感じることもあったが、一《ひと》月《つき》ほどが経過すると、自分の身の回りのことは自分で出来るようになった。

やがて聴力もすっかり回復し、明るい笑顔を取り戻した。このことを秀次と共に一番に喜んでくれたのもヨナミネだった。

「和恵さん、一緒に散歩に行きましょう」

ヨナミネは、元気になった和恵をよく誘って、村はずれや海辺まで散歩した。秀次が一緒のときもあれば、二人だけのときもあった。和恵にとっては、戦争の最中であることを忘れるような心のときめきを覚えた。十六歳になったばかりの和恵にとって、あるいは初恋と呼べるような心の動きだったかもしれない。野に咲く草花に目をやり、手で摘んで、母から教わったその効用などをヨナミネに話したりした。

ヨナミネは、和恵にいつも自分の夢を語った。

「私は、戦争が終わったら、もう一度、大学に戻って勉強します。経済学の勉強です。世界のみんなが豊かになるにはどうすればよいか。それを考え、解決するのが私の夢です。和恵さんも一度、ハワイにいらっしゃい。ハワイは、沖縄と同じです。暑いです。海、きれいです」

ヨナミネは、何度も笑った。和恵も、つい、つられてたくさんの笑みを浮かべた。秀次が、Fテントの患者用のサツマイモを黙って食べたことから、Fテントの炊事班長をしているキクおばあと知り合いになった。

キクおばあは、秀次を諭すように叱ったが、そのことを内密にしてくれた。和恵は、物腰の柔らかいキクおばあの態度に感謝した。そして、身寄りのない和恵は、急速にキクおばあと親しくなっていった。

「子供だけでこの戦争を生きていくのは大変だよね……。無理もないよね。だれもが、ひもじいんだからね……」

キクおばあは、そういって、秀次や和恵を気遣ってくれた。

キクおばあは、その日以来、和恵たち姉弟に、贈り物だと言って、芋や、鍋に焦げ付いたご飯を持ってきてくれた。そして、いつの間にかキクおばあの炊き出しを手伝うのが和恵の仕事にもなっていた。

キクおばあは、和恵の母親と妹が山中で砲弾を受けて死んだことをひどく残念がっていた。

「もう少しだったのにね……。もう少し頑張れば平和な世の中に出会えたかも知れないのにね……。和恵、あんたが二人分の命を引き継ぐんだよ。頑張らんとね」

キクおばあは、よくそう言って和恵を励ました。

キクおばあは、当時、もう六十歳になっていたかもしれない。二、三歳年上だと思われる徳造《とくぞう》おじいと、末息子が一人、一緒にG村に住んでいた。上の二人の息子は、イクサに取られていた。男三人だけが生まれ、娘は生まれなかったという。それだけに、和恵を自分の娘のように可愛がってくれた。

徳造おじいは、かつて区長をやったこともある村の長老で、時々は、夜になると数人の村人たちがやってきて、車座になって泡盛を酌み交わしていることもあった。K第二埋葬地の遺体埋葬作業に携わっていて、日中は家を留守にしていることが多かった。息子は、野戦病院の埋葬班に加わって、一日中、遺体を運んでいた。その姿を、和恵は時々見かけることもあった。

和恵は、キクおばあに誘われて、キクおばあの家を訪ね、風呂を使わせてもらうこともあった。また、夜具を羽織って、そのまま茣蓙《ござ》の上で寝かせて貰うこともあった。キクおばあといい、ヨナミネさんといい、なんだか戦争の中でも、人々の温かさやぬくもりを感じ、そっと涙を流すこともあった。

5

野戦病院のテントの中は、真夏の日差しを受け、無性に暑かった。カーキ色の野営テントの独特な饐《す》えた匂いが、辺り一面にいつも漂っていた。蒸し風呂のようなテントの中で、人々は飢えと戦いながら病とも戦っていた。

ヨナミネは、そんな中で、和恵が炊き出しの手伝いをするほどに元気を取り戻したことを喜んでいた。そして、相変わらず忙しく働き続けていた。ヨナミネはまだ結婚はしていないと言ったが、たぶん二〇代の半ばにもうすぐ手が届きそうな年齢になっているのではないかと、和恵は勝手に想像していた。

和恵は、炊き出しをしながら、毎日こんなにもたくさんの人々が、次々と死ぬのかと思うと、それこそ信じられなかった。

火炎放射器で身体の半分に大やけどを負った人や、傷口からウジムシがわいている人々も見た。壕で毒ガスを吸ったと言われている人が、数日間も苦しんで死んでいくのも見た。

戦場で戦っている父さんや、兄さんのことが気になった。一日も早く、戦争が終わって欲しかった。口にこそ出さなかったが、早く日本が負けて欲しかった。そうすれば、死者が出るのが止まるのではないか。それが、一番手っ取り早く、戦争を止め、死者を止める確実な方法のように思われた。

「ヨナミネを殺す……」

その言葉を聞いたのは、キクおばあの言葉に甘えて、キクおばあの家の裏座で、秀次と二人で眠った晩だった。

「ヨナミネは、スパイだ。あいつは、病人からいろいろな情報を収集している。琉球人の血を引いているにも関わらず、日本の天皇陛下を裏切っている。絶対に許す訳にはいかない！」

「そのとおりだ！」

「戦争は、まだ終わった訳ではない。最後の一兵まで戦うのが、軍人としての我々の生き方だ。それがヤマト魂だ。ウチナーンチュにもそれがあるはずだ！」

「ヤサ（そうだ）！」

「八紘一宇《はっこういちう》、大東亜共栄圏という日本の理想を、鬼畜米英の前に、いたずらに、破棄してはいけない」

和恵には、聞き慣れない言葉が、次々と飛び交っていた。数人の男たちが声を潜めて話し合っている。なんだか、夢の中の出来事のようにも思われた。

徳造おじいも、息子も加わっているのだろうか。じーっと耳を澄ましていたが、二人の声は聞こえない。数人の村人たちの声に交じって、明らかにヤマトの兵隊と思われる人物が加わり、ヨナミネを殺害する計画が練られているようだった。

和恵は、話しの全容が分かってくるに従って、胸の動悸が激しくなり、冷や汗が流れた。ヨナミネを殺すなんて、ひどいことだ。また、許してはならないことだ。すぐに飛び出して行って話の輪に加わり、止めさせようかと思った。しかし、気後れがして震えが止まらない。身体が動かない。どうしてヤマトの兵隊がいるのだろう。徳造おじいはどこにいったのだろう。和恵は、だんだんと高ぶってくる気持ちを抑えかねていた。

弟の秀次は、疲れ切ったのか眠ってしまっている。キクおばあも深い眠りに陥っていた。突然、和恵にもう一つの考えが浮かび上がってきた。ヨナミネにこの計画を知らせればいいのだ。そうすれば、あとはヨナミネが考えてくれるはずだ。これなら自分にも出来ると思った。

和恵は、そう思うと、一刻も早く、ヨナミネに知らせなければならないと思った。そっと寝床を出て、ヨナミネのいる野戦病院まで行かねばならない。そう思うと再び心臓が張り裂けそうに鼓動を打った。なんといっても、ヨナミネは和恵にとって命の恩人だ。翌日まで待つという考えは浮かばなかった。和恵は、今にもヨナミネが殺されるのではないかと不安に陥ったのである。

和恵は足音を忍ばせて裏座の戸をそーっと開けて庭に降りた。闇の中を迂回して門を出て、一気に駆け出せばいい。忍び足で裏口から正面まで回り込んだ、と思った瞬間、目前に大男が仁王立ちになっていた。

「待て！　貴様、何をしている！」

和恵は、一瞬その言葉の鋭さに脚がすくんだ。その声に数人の男たちが、慌ただしく廊下を駆け下りてきた。

「貴様！　聞いたのか……」

和恵は、あまりの恐ろしさに、身をすくめ力一杯首を振った。

「違います。今、裏座から出てきて……、シーバイ（おしっこ）」

突然、自分でも思ってもみなかった言葉が口をついて出ていた。

男たちはその言葉を聞くと、和恵を哀れむように見下した。闇の中にたたずむ和恵を気が狂った女とでも思ったのかもしれない。激しい威嚇の声が飛び交ったが、和恵は、陥没した左頬を突き出すようにして、必死に狂女の態度を装った。

「まだ、子供じゃないか」

「許してやろうよ」

しばらくして、和恵はそんな言葉を聞いたように思った。だが、男たちの間では、まだ押し問答が続いていた。和恵は、知らぬ振りを装い、慌てて寝床へ駆け戻った。

それから数日後、風雨の激しい台風の夜に、ヨナミネはキャンプから忽然と姿を消したのだった。

6

戦争が終わると、和恵は、弟の秀次と一緒に手を取り合って郷里の知花村を目指した。母と妹は死んでしまったが、父と兄がすぐにでも戦場から郷里へ帰ってくるのではないかと思ったのである。一刻も早く、二人に会いたかった。

しかし、その思いは、すぐに虚しいものであることが分かった。父と兄が共に戦死したという報が届いたのである。しばらくは、信じられなかった。茫然と日々を過ごした。しかし、一月《ひとつき》過ぎても、一年が過ぎても二人は帰ってこなかった。やはり信じざるを得なかった。

戦争が起こったのは、なんだか夢のような出来事だった。だが、戦争が終わってみると、現実は確かに幼い姉弟の生活を破壊していた。両親や二人の兄妹の死は、和恵と秀次の心に、ガマ（洞穴）のような大きな空洞を開けた。しかし、そうかといって二人には、どうすることも出来なかった。空洞を埋めるすべを知らなかった。涙をぬぐって働かなければ、日々の食事にもありつけなかった。

和恵は、幼い秀次の面倒をみながら、それこそ必死に働いた。幸いにも、実家は戦火を免れていたので、雨露を凌ぐ場所はあった。そこに、両親や兄妹の位牌を置いた。秀次の服を繕い、弁当を作った。和恵は、まだ二十歳にもなっていなかったのに、いつしか秀次の成長を楽しみにする母親のような役割を担っていた。

「俺は、高校を卒業したら軍作業に出るよ……」

秀次が、意を決したように和恵に告げたのは、高校の卒業を目前にした年の初めだった。

郷里に戻ってきてから、どのくらいの歳月が過ぎていたのだろう。

「姉さんには、本当に世話になったからな……。お礼のしようもないよ。わがまま放題をさせてもらったし、高校も卒業させてもらった。今度は、俺が一所懸命働いて、姉さんを楽にさせてやるよ」

本当に息つく暇もなかった。気がつくと、すでに十年ほどの歳月が流れていたのだ……。

G米軍野戦病院から村に戻った和恵と秀次は、力を合わせて、父祖の土地を引き継いで農業をしようと思った。しかし、その土地は、米軍に接収されて金網の中にあった。耕したくても、耕す土地はなかった。家の周りのわずかな土地に、口を潤すほどの野菜を植えただけだった。

和恵は、それでも、そのわずかばかりの土地を相手に、夢中で鍬を振るった。しかし、労働からくる疲労とは別に、頻繁に全身に痛みを覚える日が続いた。戦争で全身に砲弾を受けた後遺症ではないかと思ったが、はっきりとした原因は分からなかった。

伯父夫婦が、コザ市場で精肉屋を営業していた。その伯父から、店を手伝って貰いたいと申し出があった。和恵は、有り難く承諾し、喜んでその仕事に精を出した。しかし、それも数年で辞めた。一日中、立ちっぱなしで包丁を握ると、やはり全身に痛みが走った。

とうとう我慢が出来ずに、病院へ行き、精密検査を受けた。戦争が終わって、十数年が経過していた。レントゲンを撮ると、やはり和恵の身体に、まだ砲弾の破片がいくつか残っていることが分かった。

医者は、珍しいことだと絶句し、痛みを感じないのが不思議だと言った。それから数週間入院し、鎖骨と腕、そして脇腹に食い込んだ小さな破片を摘出した。

「背中と腰にも、まだいくつかの破片が食い込んでいます。しかし、そこを手術するのは危険です。また手術をして摘出するほどの大きなものではない。破片を身体に包んだまま生活することになるが、特に支障はないだろう。このままにしておいても、やがて破片は、身体に馴染《なじ》むはずだ……」

医者は、そんなふうに和恵に言った。破片が身体に馴染むなんてことがあるだろうか……。和恵は、そんな風にいぶかったが、しかし、そのように言う医者の指示にしたがった。それに、何度も手術をする費用を工面することも困難だった。

和恵は、自分の身体が無理が利かないことが分かると、水商売を始めることにした。二十歳代の後半になっていた。泣いてなどいられなかった。思い切って伯父夫婦に資金繰りをお願いして、吉原の歓楽街の一角に、小さな飲み屋を構えた。少しためらったけれども、店の名前は「かずえ」と付けた。その商売を細々と営みながら、やっとの思いで、秀次を高校に通わせることも出来た。秀次が高校を卒業する時は、本当に嬉しかった。母親代わりに頑張った甲斐があったと思った。

秀次は、卒業して軍作業に勤めると、まもなく所帯を持った。姉さんを楽にさせるという言葉と裏腹に、すぐに家を出て、アパート暮らしを始めた。二人の男の子が次々と生まれた。

高校時代の同級生という秀次の女房は、派手好きで、夫婦仲も、うまくは、いかなかった。秀次は、時々二人の子供をつれて、和恵の住んでいる実家へ戻ってきた。むしろ、結婚しても和恵に面倒をかけるだけだった。

やがて、秀次は、正秀《まさひで》と康秀《やすひで》と名付けた二人の子供を連れてやってきて、そのまま女房の元に戻ろうとはしなかった。女房も、いつの間にか秀次の前から姿を消していた。

和恵の前には、幼い二人の甥が残っていた。今度は、秀次だけでなく二人の子供の面倒をも見なければならなかった。戦後三十八年、積み重ねた歳月の中で戦争当時十六歳であった和恵は、いつの間にか五十歳を過ぎていた……。

7

忠栄さんが、店の常連客としてやって来てから、もう三十年ほどになる。最近では常連客というよりも、仲の良い話し相手といった方がいいかもしれない。二人の「茶飲み話」は、「かずえ」で行われるときもあれば、「忠栄時計店」で行われるときもあった。

忠栄さんは、コザ市場で、今も時計屋を営んでいる。和恵が、忠栄さんに出会ったのは、親戚の伯父夫婦の精肉屋を手伝っていたころだ。そのころからの付き合いだ。忠栄さんの時計屋と伯父の精肉屋とは、市場の中の小さな路地を挟んで、斜め向かいに建っていた。

忠栄さんは、機械をいじるのが好きで、時計屋の仕事を選んだという。時計の修理士の資格も独学で手に入れていた。

しかし、時計屋は、今では時代の波からすっかり取り残されてしまった。安価で手に入るようになった時計は、使い捨ての消耗品になった。もっとも、忠栄さんはそれほど気にしてはいない。戦後、間もなく妻に先立たれ、子供も病で亡くしてからは、ずーっと一人暮らしだ。独り者の気安さからだろうか、特に店の商売に励む様子もなく、再婚する様子もない。和恵がコザ市場で働いていたころと変わらぬ店構えで、細々と暮らしを立てている。

伯父夫婦の精肉屋も、忠栄さんの店と同じように、復帰後も時代の流れに負けることなく頑張っている。もっとも伯父夫婦は、既に引退し、今は息子夫婦が精肉屋を引き継いでいる。和恵は、時々市場に行くと、両方一緒に覗いてみる。

忠栄さんは、いつ訪ねても、やはり、あのころと同じように、じっと座り込んだままで、時計をいじっていた。

「忠栄さんは、女の人よりも、時計が好きなようだねえ」

和恵が、冗談で尋ねると、忠栄さんは真顔で「そうだ」と応えたので、驚いたことがある。

「今は、鳩時計を分解して組み立てるのが楽しくてね……。鳩だけではなくて、ほれ、いろいろあるんだよ」

忠栄さんは、本当に楽しそうに仕事をする。

「あっちにあるのが、琉舞の踊り手が出てくるやつ。こっちにあるのはサバニ（小舟）が出てきて、櫂を漕ぐ仕種をするんだよ。向こうにあるのは読谷村《よみたん》の残波大獅子太鼓。時間になると、太鼓を叩いて時を告げるんだ……」

「みんな自分で、作ったの？」

「当たり前さ、全部、自分で作ったさ」

忠栄さんは、子供みたいに素直になり、ちょっとはにかんだ笑顔を作る。そんな忠栄さんの時計を、ときどき客が買いに来るという。

忠栄さんは、妻と子を亡くした後、「かずえ」によくやって来るようになった。やって来ると、いつも閉店までカウンターに座り続けた。和恵も気を許して、閉店後も二人きりでよく酒を飲んで話し込んだ。一緒に外に出て寿司を食べたこともある。

「俺の傑作を見せようか……」

ある時、忠栄さんが、店の壁に掛けてある大きな振り子の柱時計を指さして、和恵を驚かせた。和恵は、最初、何が傑作なのか分からなかった。どこも違うようには思えなかった。

「分かるか？」

「分からない……」

「ほら、よく見てごらん。時計の針が逆に回っているはずだ……」

よく見ると、本当に時計の針が逆に動いていた。言われてみて、初めて気がついた。

「あれまあ、本当だ……。なんでまた、こんな時計なんか作るの？　何か役に立つの？」

和恵は、つい、尋ねてしまった。

「俺には、役に立っている……」

忠栄さんは、そう応えただけだった。和恵は、なんだか、もうそれ以上尋ねることが出来なかった。悲しい気分になりそうだったからだ。忠栄さんも、それ以上は応えなかった。たぶん、尋ねても忠栄さんは話してくれないような気がした。

忠栄さんは、そんな頑固なところがある。和恵が戦争の話をしても、自分の戦争体験は、なかなか詳細には語らなかった。ただ、沖縄本島南部の激戦地摩文仁で終戦を迎えた、とだけ話すのだった。あとは、頑なに沈黙を守っていた。

和恵は、忠栄さんに誘われて、何度かホテルへも行った。和恵もそのつもりで誘われた。爆弾で抉《えぐ》られ、落ち窪んだ頰を隠すように薄く白粉も塗った。しかし、肝心な時になると、忠栄さんはいつも和恵の身体から離れていった。その理由も忠栄さんは語ろうとしなかった。やがて、忠栄さんは和恵の身体を求めなくなった。

和恵は、忠栄さんの胸で泣いた。それでもいいと思った。それでも忠栄さんの胸に抱かれたいと思ったが、忠栄さんは、もう和恵を誘ってはくれなかった。そして、いつの間にか、二人とも、すでに歳を取りすぎていた。

8

風が、なま暖かく感じられる。ぼーっと過去の記憶を辿っている間に、目前の風景が、一気に変わっていた。背の丈ほどに生い茂っていた雑木や雑草が薙《な》ぎ倒され、視界が大きく広がっていた。

和恵は、目前の風景を見ながら、一面に米軍の野戦テントが張られていた当時の懐かしい風景を思い出していた。この埋葬地になった高台から眺めると、やや北の方角に、夥《おびただ》しい数のテントが張られていたのだ。

「姉さん、そろそろ帰ろうか……。来週から、忙しくなるだろうし……」

傍らから、秀次が声を掛ける。和恵は、思わず我に返って辺りを見回す。過去の記憶に囚われていたが、重機での作業が始まってから、もう二、三時間が過ぎたかもしれない。周りに佇んで、作業を見守っていた遺族の姿も、ほとんど見えなくなっていた。

「やはり、整地には一週間ぐらいはかかるだろうな。役場の人も、そう言っていたし……。どっちみち手作業は、来週からということだし、今日はこのぐらいにして帰ろうよ。久し振りに、みんなで蕎麦《そば》でも食べようか」

「そうだね……。そうしようか」

和恵は、そう言って天空を仰いだ。やはり空の色は抜けるように青い。あの日々と、同じような空が広がっていた。

「忠栄さん……、今日は本当に、有り難うね……」

和恵は、忠栄さんに礼を述べてクリーム色の日傘を差し出した。忠栄さんは、じーっと前方を見ている。和恵の言葉にも気づかないようだ。和恵も思わず忠栄さんの目線の先を見た。すると、そこには、座りこんだまま動こうとしない一人の女が居た。それを、役場の職員と思われる数名の男たちが、取り囲んで何やら話し込んでいる。忠栄さんは、それをじーっと見ていたのだ。

「先ほどから、押し問答を繰り返しているようだが……」

忠栄さんは、和恵に気づいて話し出した。

「どうやら、女の人は、遺骨を掘ることに反対しているようだ……。どうしてだろうね……」

「フラー（馬鹿）じゃないか。みんな賛成したのに……」

傍らから、秀次が返事をする。秀次は、いつもぶっきらぼうな物の言い方をする。姉の自分の育て方が悪かったのかなと思う。育て方も何も、本当のところは、忙しくて何もしてあげられなかったのだ。秀次は、手探りで大人になっていったのだ。

「遺骨を掘り当てて、供養してやるのは、いいことなのにな。むしろ遅すぎたぐらいだよ。なんで反対なんかするんだろう」

秀次が、睨《にら》むようにその女に視線を送りながら、言い続けた。

「それよりも、俺には気になることがある。来週の作業から、実際に遺骨が出てくると思うのだが……、どれが、だれの遺骨か、見分けることが出来るだろうか……。遺体に、目印を付けていたわけではないんだからな。俺は、その日が近づくにつれて、だんだん自信がなくなってきているんだよ。母さんと孝子の遺骨を見極めることが出来なければ、どうしようって……。そう思うと心配だよ……」

秀次は、少し視線を泳がせながら、力弱く言った。

秀次の女房は、別居してから数年後には那覇の飲食店街で働いていることが分かった。男と一緒だった。

秀次の二人の息子は、今ではもう高校を卒業して働き始めているが、まだ正式な離婚手続きはとっていなかった。どうやら、秀次がその手続きを渋っているようだ。和恵は、何度も、印鑑を押して、正式に離婚をするようにと意見を言ったのだが、無駄だった。

遺骨を見分けることが出来ないのではないかと言った秀次の心細さは、すぐに和恵にも感染した。秀次に言われるまでは、それほど気にもしていなかったのだが、考えれば考えるほど、和恵もまた、そうかもしれないと不安になった。

「あれ、あの女、抱えられて、連れ去られていくみたいだよ……。あっちは、ブルドーザーで整地する場所だからな。危ないから、しようがないか」

秀次は、先ほど言った自分の不安を忘れたかのように、視線をその女に向けている。和恵もまた、秀次の言葉に触発されて、遺骨を区別出来るだろうかという不安が膨らんだが、すぐに片隅へ追いやった。

忠栄さんも、前方で繰り広げられている事の成り行きを黙って見ていた。

「ヤミレー、ヤミレーヨー（止《や》めて、止《や》めてくれよ）」

女の金切り声が、和恵たちの所まで聞こえた。抱きかかえられながらも、女は、手足をばたばた動かして抵抗している。だれに非があるかは分からないが、なんだかどっちも気の毒だ。

女は、和恵たちのいる隣のテントの中に引きずり込まれて椅子に座らされた。女は、それから顔をくしゃくしゃにして、声を上げて泣き出した。

忠栄さんが、それを見ながら歩き出したので、和恵も秀次も慌てて、その後についた。

「エーッ、ウンジュナーよ（皆さんよ）、ウンジュナーは、そう思わないの？」

テントの前を通る和恵たちに、泣いていた女は、突然、顔を上げて、大声で喚《わめ》くように叫んだ。

「いくら戦争だからといって、許されませんよ。チュ人間ヤ、アランドオ（人間のするようなことでは、ありませんよ）……。私は見たんですよ」

女の人は、必死に和恵たちに向かって、何事かを訴えていた。役場の職員は、相づちを打ちながら、その女の人の気持ちを宥《なだ》めている。和恵たちは、無言でその前を通り過ぎた。たぶん和恵たちと同じ遺族の一人であろう。

女は、何を見たのだろうか。なぜ、「ヤミレー」と叫んでいるのだろうか。返事もせず、また立ち止まらないでいいのだろうか。一瞬、迷ったが、和恵は歩を緩めなかった。女の声も、長くは続かず、再び泣き出した。

秀次の乗用車は、駐車していた二、三時間のあいだに、すっかり太陽の熱を浴びて、車内は蒸せるような熱気が溜まっていた。しばらくドアを開けて、風を通した。

和恵は、日傘を畳みながら、先ほどの女の人の言葉を反芻していた。多くは聞き取れなかったが、「私は、見たのですよ」という言葉は、はっきりと聞こえた。何を見たのだろう。やはり尋ねるべきだったのか……。

野戦病院のテントの中は、天気が晴れると裾を上げて風を通せたが、雨が降ると裾を降ろして雨が内側に入り込むのを防いだ。だから、テントの中は、むしろ雨の日がムンムンと蒸せ返るように暑かった。

明日も晴れてくれればいいがなと、和恵は空を見上げながら思った。遺骨収集が終わるまで、ずーっと雨が降らないようにと、祈りたい気持ちだった。

9

一週間後、和恵たちは再び埋葬地跡へ出掛けた。前回と同じように晴天に恵まれ、同じように秀次と忠栄さんが参加した。さらに、今回は、秀次の末息子の康秀も休みを取って参加してくれた。和恵は、康秀の好意が嬉しかった。

現地に到着すると、人々の数は、先週のウガンの日に集まった数の二倍以上に膨れ上がっていた。たぶん、人力による作業が始まるからであろう。それにしても遺族の関心の高さを改めて感じた。もちろん、参加者は遺族だけではない。村役場の職員の話によると、遠くは県外や離島からも、ボランティアとして参加の申し込みがあったという。

担当者の説明を聞いて、手掘りでの作業がスタートした。先日と違って、ブルドーザーは、まったく動く気配を見せず、全ての作業が、スコップやヘラ、鍬などを使って行われた。

和恵も秀次も、そして忠栄さんまでもが、先日と違って何となく寡黙であった。あるいは辺り全体が寡黙であったと言っていい。それは、やがて現れるであろう遺骨を待つ悲しさや、あるいは緊張感がもたらすものであったかもしれない。

掘り始めて、一時間ほどが経過したが、どこからも遺骨を見つけたという声は、まだ上がらなかった。ブルドーザーは、遺骨に傷つけないようにと土の表層だけを浅く削りとったようだ。この土の下に、四角に隈取った土坑《どこう》が並んでいるはずだ。

和恵たちが目星を付けた土坑の上にも、大きな樹の根が覆っていた。一つの樹の根を掘り起こすだけでも重労働だった。

十時ごろに、休憩の合図があって、だれからともなくスコップを持つ手を休めた。テントの中へ入って涼を取り、汗をふき、用意された茶を啜《すす》った。

「和《かず》おばさん……。大丈夫？　疲れない？」

康秀が、和恵を気遣って声をかけた。康秀は、小さいころから和恵のことを、「和おばさん」と呼んでいた。気持ちの優しい子だ。

「そうね……。力を入れると……、やはり、腰が痛いよ」

和恵は素直に、そう言った。女の和恵にとっては、骨の折れる作業だ。

「遺骨が見つかるまで、しばらくテントの中で休んでいるといいよ」

「そうね……、そうさせてもらうよ」

和恵は、苦しげな表情を悟られぬようにと、笑みを浮かべながらそう答えた。和恵の体内に残っている砲弾が、熱を帯びて疼《うず》くようだった。

康秀は、上下水道の敷設や維持管理をする小さな会社で働いている。まだ所帯をもたず、何かと和恵に世話を見てもらっていた。

秀次の長男の正秀は大手のスーパーに勤め、結婚をして家を出ていた。今日は休みがとれないということで、参加を見合わせていた。

「正秀も来てくれるとよかったのになあ……。あいつは、親不孝ものだな……」

「仕方がないさ、仕事だもんね……」

康秀が、秀次の愚痴にそのように応えたが、和恵も、実際は秀次と同じ気分だった。なんだか、この場所で、二人の甥に母と妹の遺骨と対面してもらいたかった。もちろん康秀たちからすると祖母と伯母になるが、出来ることなら家族の皆で、母と妹を迎えたかった。

和恵は、隣で汗をぬぐっている忠栄さんに茶を注ぎ足し、礼を述べた。そして、村役場が用意してくれた小さな竹籠の中の黒砂糖を勧めた。忠栄さんが、それを手に取るのを確かめた後、和恵もそれを手に取り、一口嘗《な》めた。甘い味が口中に広がる。

「忠栄さん……。なんだか、やはり、緊張するな……」

秀次が、煙草を吸いながら忠栄さんを向いて言った。

秀次が忠栄さんに初めて会ったのは和恵の店だ。店を開いて間もなくだったから、もうだいぶ前のことになる。

「そりゃ、そうだろうよ……。遺体を埋めてから、三十八年にもなるんだからな」

「うん、そうだなあ」

「おばあちゃんも、孝子伯母さんも、みんな土に返っていないかな……」

秀次と忠栄さんの会話に、康秀が割って入る。

康秀の問いかけに、秀次が首に巻いたタオルで、額の汗をぬぐいながら答える。

「さあ、どうだかな。俺にも分からんよ……」

「あと、十年遅かったらそうなったかもしれないな……。あるいは孝子伯母さんの骨は、もう土に返っているかもしれないな……」

忠栄さんが、そう言って付け足したときだった。和恵は、思わず立ち上がって、声を発した。

「あれ、あんたは……」

和恵は、目の前を通る一人の男に見覚えがあると思ったのだ。しかし、次の言葉が出て来なかった。男は怪訝そうに和恵の方を向いて驚いた表情を作ったが、慌てて視線を逸らして立ち去ろうとした。

「あんた、ちょっと待って……。あんたは、ヨナミネさんという人を、知っているでしょう?」

「ヨナミネさん?」

「戦争中に、ここの野戦病院から行方不明になった人。ハワイで育った二世なのよ。戦争当時、通訳をしていたんだけどね……」

「さあ、知りませんが……」

「あんた、この村の人ね？」

「いいえ、違います」

「ちょっと……、ちょっと待って！」

迷惑そうに立ち去ろうとする男に向かって、和恵はなおも尋ねた。

「あんた……、本当に知らないの？　ヨナミネさんよ……」

「知りませんよ……」

「待って、待ってよ。どうして逃げるの？」

和恵は、立ち去ろうとする男の前に、慌てて歩み寄って袖を捕まえた。

「逃げてなんかいませんよ。あんたも、しつこいなあ……。知らないといったら、知りませんよ！　第一、私は、ここの村の者ではありません。今日は、ボランティアで参加しているんですよ」

「でも、戦争中は、ここに居たんでしょう？」

「急に何を言い出すんですか……。本当に、人違いですよ！」

男が、声を荒げて、和恵の手を振り払った。

和恵が、払いのけられた反動で、少しよろめいた。それを見て、康秀がいきりたって立ち上がった。忠栄さんが、その康秀の肩を抱いてなだめる。

「どうしたの？　お父さあーん」

遠くから、その男に向かって、柔らかな女の声がかかる。

男は、女の方を向いて手を挙げたが、なおも不満が残るのか、和恵に向かって、何かぶつぶつとつぶやきながら、しかし急ぎ足で立ち去った。

「なんだ、あの野郎は……。ヤマトンチュかな？」

康秀が怒りを抑えきれないように、男の後ろ姿をじっと見つめている。忠栄さんが、康秀の肩をつかまえて、また元の場所に座らす。それから、和恵にも椅子を差し出し、手を引くようにして座らせる。

和恵は、少し興奮したかなと思い恥ずかしかった。人違いであれば、その男にとんだ迷惑をかけたことになる。済まない気がした。しかし、本当に、あの時、見た顔のような気がしたのだ。

和恵が、キクおばあの家でヨナミネさんを殺すという密談を聞き、すぐに庭に飛び出してヨナミネさんに告げようとした時だった。両手を広げて庭で和恵を行かせまいとして立ちふさがった男だ。忘れるはずがない……。

しかし、流れた三十八年の歳月で、あるいは人の顔は変わるかもしれない。記憶も曖昧になるかもしれない。やっぱり人違いだったかもしれない。本人が、名乗らなければ、事実はいつまでも隠されたままなのだ。

「ヨナミネさんという人ですか？　あの人は……」

「いえ、あの人がヨナミネさんというわけではありません」

忠栄さんの問いかけに、秀次が和恵に代わって答える。

「ヨナミネさんではなくて、ヨナミネさんを知っているかと、姉さんは尋ねたんですよね……」

和恵は、無言でうなずいた。それを見て、秀次が言い続ける。

「実は、戦争当時、ここに米軍の野戦病院があった当時の話ですが、ヨナミネさんというハワイ出身の二世がいましてね。俺と和恵姉は、とても親切にされたんです。ヨナミネさんのおかげで、俺たち二人は、なんとか生き延びることが出来たようなものなんです」

秀次の説明に、忠栄さんも康秀も身を乗り出して聞いている。

和恵も、秀次の言葉に、一気に当時のことを思い出していた。

和恵は、あの日、庭で捕まったとき、とっさに、おしっこをしに庭に降りたのだと嘘をついたが、周りの男たちの恫喝《どうかつ》はやむことがなかった。

「この女も殺した方がいいだろう……」

「た、たたっ斬れ！」

そんな声に、和恵は一気に恐怖に陥った。

「大丈夫だ、許してやろうよ。まだ十五、六歳の子供だよ」

「その代わり、今日聞いたことを、だれかにしゃべったら殺すぞ……」

和恵を取り囲んだ男たちは、皆興奮していた。

「許してやりましょうよ」

徳造おじいの声を聞いたような気がした。しかし、顔は上げられなかった。

「いや、やっぱり、今殺すべきだ」

日本兵の血走った声を聞いたような気もした。実際、どこから取り出してきたのか、抜き身の日本刀が和恵の目の前で、月の光を受けてキラキラと光っていた。和恵は、恐怖で胸が張り裂けそうだった。

それから、数日後、ヨナミネさんはキャンプから消えた。仲間の米兵が、血眼になって、ヨナミネさんを探したが、ヨナミネさんは見つからなかった。

和恵は、その日、恐怖のあまり、男たちの密談をヨナミネさんに伝えることが出来なかった。裏座に戻り、身体を小さく折り曲げて、涙を流しながら声を押し殺して泣いた。

和恵は、ヨナミネさんは日本兵たちに殺されたと思った。ヨナミネさんの死は、自分の責任だと思って、何日も何日もテントの中で涙をぬぐった。そんな和恵の涙を見て、秀次が何度もその訳を尋ねたが、和恵は答えなかった。だれかに真実を告げたかったが、告げる相手が分からなかった。ヨナミネさんの死の真相は、和恵の胸の奥に、人知れず畳み込まれたままだった。

ヨナミネさんの遺体も、きっとこのG村のどこかの埋葬地に埋められているのではないか。そう思って、何度か埋葬人名簿を覗き込んだが、それらしき名前はなかった……。

「ヨナミネさんは、台風が来た日に行方不明になってね……。結局見つからなかったんだよ……。そうだったよな、姉さん……」

そうだったのだ。和恵は、秀次の問いかけに、無言でうなずいた。和恵の目から、止めどなく涙が溢れてきた。

「ヨナミネさんが、行方不明になってから、殺されたんじゃないかという噂が流れてね……」

秀次は、思い出したように当時のことを再び語り始めた。

「実は、ウチナーンチュになりすましてテントの中に隠れている日本兵がいてね……。その人たちが、ヨナミネさんを殺したのではないかというわけよ。やがて、その人たちは、次々と消えていったんだけどね。今度はアメリカ兵たちが、その人たちがヨナミネさんを殺したと考えて、仕返しをしているんだという噂が流れてね。何が真実かは、とうとう分からずじまいだ。逃げ出した人もいたと思うが、たぶん何人かは殺されたんじゃないかな……」

忠栄さんが、目線を落としたまま、無言で拳を握り締めていた。秀次の話に、何かを思いだし、その何かに必死に耐えているようだった。

「忠栄さんは、戦争中、南部戦線で銃弾が腰に当たったんだけれども、辛うじて一命を取り留めたんでしたよね」

康秀が、忠栄さんの握った拳に気づかずに、何気なく問いかける。忠栄さんは、それに答えずに、握ったままの拳を緩めることがなかった。

和恵は、この遺骨収集によって、何かが明らかになるような気がした。でも、何が明らかになるのだろう。隠されていたことが、みんな明らかになったからといって、どうなるのだろう。もう元へは戻れないのだ……。なんだか、悔しかった。なぜだか、悲しかった。戦後を生きてきたのは、なんのためだったのか……。

「キクおばあも、徳造おじいも、もう亡くなってしまったね……」

和恵は、全く考えてもいない言葉が、思わず口をついて出た。しかし、なんだか、その言葉が、今のこの雰囲気に一番ふさわしいようにも思えた。

「キクおばあが亡くなってから、もう十四、五年ぐらいにはなったかねえ……」

キクおばあという名前を、忠栄さんは、久し振りに聞くような気がしていた。康秀は、始めて耳にする名前だ。でも、和恵は、二人のそんな感慨など、一切構わずに話し続けた。

「キクおばあはね、とっても優しい人だったよ。でも、戦後、交通事故で息子を亡くしてから急に元気がなくなってね。たった一人だけ残った跡取り息子だったからね。キクおばあの落胆ぶりは、本当に気の毒なくらいだったさ。私はね、キクおばあに元気になってもらいたくて、時々、シンジムン(鍋料理)を持って、訪ねたんだがね……。おじいも、頑固だったが、優しい人だったよ。私を娘のように可愛がってくれてね。でも、おばあよりも先に、戦争が終わってから、すぐに亡くなったさ……」

和恵は、話しながらハンカチを目に当て涙をふいた。あの日、徳造おじいの家にどうして日本の兵隊さんが居たのだろう。徳造おじいも一緒だったのだろうか。このことを、最後まで聞くことが出来なかった。なぜなのだろう。なぜ聞くことが出来なかったのだろう。何を恐れていたのだろう。キクおばあにも、尋ねることが出来なかったし、キクおばあが、その日のことを知っていたかどうかも分からない。

「おじいには、口癖があってね……。和恵、ヌチガナサシイドウ（命を大切にしなさいよ）って、いつも私に言っていたよ……」

和恵は、今流している涙は、だれのために流しているのか、もう分からなかった……。

10

「おーい、見つかったぞ！」

土坑から発せられた一つの言葉が、人々を、ざわめかせた。それから間もなくだった。次々と泣き声とも悲鳴ともつかない声が、あちらこちらから沸き起こった。周辺は、一気に哀しみが渦を巻いた海原と化した。

遺骨は、どれもこれも、ほぼ整然と並んだ土坑に埋葬されていた。一つの土坑に一柱の遺骨もあれば、数柱の遺骨もあった。樹の根が遺骨を優しく抱きかかえているものもあれば、眼孔を鋭く突き抜けているものもあった。あるいは遺骨がなくて、櫛や鏡、入れ歯や万年筆などの遺品だけが残っている土坑もあった。

テントの中には、白い布を被せたテーブルの上に、次々と遺骨や遺品が並べられた。脆くなって今にも崩れそうな土色の遺骨が多かった。香が焚かれ、匂いが辺り一面に流れ出した。

和恵は、少し痛み出した腰をさすりながら、テントの中に並べられた遺骨や遺品を眺めた。母のトシと妹の孝子が埋葬された土坑は、秀次たちが、丁寧に掘り進んでいた。和恵は、テントの中から、時々、腰を浮かせ、首を伸ばし、秀次たちの様子を覗き見たが、まだ二人の遺骨は見つからないようだった。

テントの中は、増えていく遺骨の数に比例するように、徐々に騒がしくなった。遺族やボランティアの人々が、それぞれに感涙にむせび、あるいは様々な思いを述べ合っていた。その話し声が、和恵の耳にも自然に入ってきた。例えば、酸性度の高い土壌では、遺骨が土に返るのが早いという声も聞こえた。磁器のお椀や、赤瓦の欠片《かけら》も出てきたが、遺体を葬る際に遺族が目印にしたものだろうなどと、囁かれてもいた。

そんな話し声を聞くと、いちいちもっともだ、と思った。同時に何の目印もせずに母と妹を埋葬した自分たちの不甲斐なさが反省させられ、気が滅入った。十六歳という年齢を考えればやむを得ないことだと自分を慰めたが、母や妹の遺骨を見つけることが出来るかどうか、だんだんと不安が大きくなっていた。

遺骨や遺品は、どんどんと出てきた。それと一緒に悲鳴や泣き声も、ひっきりなしに続いた。目を真っ赤に腫らし、嗚咽を止めることが出来ずに抱きかかえられるようにしてテントに運び込まれる遺族もいた。土坑の前で蹲《うずくま》ったまま微動だにしない遺族もいた。

突然、秀次の声がした。

「和恵ーっ、和恵ネエーっ」

秀次が土坑の前で手を振って呼んでいる。

いよいよ、見つかったか……。和恵は、そっとつぶやいた。しかし、つぶやいたままで茫然として動くことが出来なかった。あれほど待ち望んでいた瞬間なのに、なんだか、現実感がなく、夢を見ているようで、頭がぼーっとしていた。足が動かなかった。

康秀が、和恵が座り込んでいるテントの中にやって来た。

「和おばさん……、見つかったよ……」

「……」

言葉が出てこない。和恵は、康秀に手を引かれて歩き出した。一歩、一歩が不安定だった。なんだかよろめいて倒れそうだった。それに気づいたのか、康秀が和恵の身体を支えるようにして足場の悪い盛り土を避けながら発掘現場へと歩を進めた。

「和恵ネエ……」

秀次と、忠栄さんが土坑の前で蹲ったまま遺骨を見ていた。

「和恵ネエ……、遺骨が出てきたよ……」

そうつぶやく秀次の前に、確かに土色をした遺骨が横たわっていた。

ところが、秀次は腕組みをしながら、浮かない表情をしている。

「ここなんだよな……。確かに、ここだと思うんだが……。和恵ネエ、ここに孝子とお母の骨を埋めたんだよな。でも、変なんだよ……」

「何が……、何が変なの？」

和恵も絞るように声を出し、腰を降ろして、土坑を覗いた。

「頭蓋骨が二つ出てくるには出てきたんだが……、二つとも同じ大きさなんだよ。一つは、子供の頭蓋骨でなければいけないはずなのに……」

「……そんなはずはないでしょう。ちゃんと調べたの？」

和恵にも、信じられなかった。

秀次が、忠栄さんの前で盛んに首をひねっている。

和恵は、思わず泣き出してしまいそうだった。なんだか悲しくてしょうがなかった。

しかし、和恵の悲しみは、どの遺骨が母親のものか分からないというところから来るものではなかった。もっと大きな悲しみだ。得体の知れない悲しみと言っていい。なんだか、目の前にある遺骨のみんなが可哀想だった。涙が、自然に溢れてきた。

大きな頭蓋骨が、孝子であってもいいし、孝子でなくてもいい。そんな気がしていた。二つの遺骨には、それぞれの生活があり、愛する家族がいたはずだ。哀れイクサ世《ユ》でこのようになってしまい、三十八年間もひとところに埋められたままだったのだ。なんだか、それだけで、もう十分に悲しかった。

和恵は、そんな悲しみに襲われながらしばらく涙を流し続けた。母や孝子の生前の面影が、しきりに蘇ってきた。あるいは、孝子の遺骨はもう土に返ってしまったのかもしれない。でも、それでいいのかもしれないとも思った。あんなに欲しかった母と妹の遺骨なのに、今はそれを識別することが、それほど重要なことではないような気もしてきた。なんだか、自分でもよく理解出来ない感情だった。

「孝子が、お母と同じぐらいの頭をしていたはずはないんだがなあ……」

「遺族の分からない遺骨は、みんな摩文仁にある戦没者慰霊墓苑に奉納されるということだが……」

秀次が、腕組みをしながら、力なくつぶやき続ける。

康秀が、そんな父親の秀次を励ますように言う。

「父さん……、孝子伯母さんが死んだのは、十三歳でしょう。おばあちゃんと同じぐらいの大きさをしていたかもしれないよ。それに……、どの遺骨か、はっきりしなくても、どれか一部を持ち帰って供養することも出来るんじゃないの……」

「うん、もちろん、それが出来ないこともないんだが……。ひょっとして、この土坑では、なかったかもしれないな……。なんだか自信がなくなってきたよ……」

秀次は迷っていた。忠栄さんも、迂闊な助言が出来ないのか慎重になっている。その間にも、次々と、あちらこちらから泣き声や悲鳴が上がり、香を焚く煙が上がっていた。

村当局は、後日盛大な合同慰霊祭を行うと発表していた。和恵にも、そのことは嬉しかった。和恵は、母や孝子の慰霊や供養のために、二人の遺骨を掘り当てにきたのだ。でも、今、目の前で抱き合うようにして並んでいる遺骨を見ると、もうそんな事実だけで、悲しみを押し留められなくなっていた……。

秀次が、もう一度しゃがみ込んで丁寧に遺骨を撫でて付着した土を払っている。背中のシャツに汗が滲んでいる。突然、和恵の記憶に、秀次に抱かれた夜のことが蘇って来た。酔った秀次が、和恵の寝室に入ってきて、和恵を強引に抱きすくめた日のことだ……。

「姉《ネエ》ちゃん……」

秀次は、続く言葉を、すべて飲み込んでいた。荒い息を吐きながら和恵の左頬を撫で、ずーと涙を流し続けていた。一度だけの出来事だった。

和恵の体内で、痛みが疼き出した。戦争は、いつまでも戦後をつくらない。いつまでも、戦場のままなのだ……。

和恵は、蘇ってくるたくさんの記憶と闘った。封印しなければならないと思った。忘れなければならないのだ。しかし、どこかで、ヨナミネさんのことも含めて、忘れてはならない記憶もあるのだ。そんな思いも、激しく沸き起こってきた。

和恵は、母さんや孝子の遺骨を持ち帰るためにやって来た。それは確かなことだ。しかし、それは、なんのためだったのだろうか。記憶を断ち切るためだったとすれば、それは間違いではなかったか。

遺骨は、何のために持ち帰るのだろうか。持ち帰らなければ、母さんは怒るだろうか。南洋戦線で死んだ父さんや、駆逐艦で爆撃を受けて死んだ兄さんの遺骨だって、手元にはないのだ……。

突然近くの土坑で、一人の女が暴れ出した。親族と思われる数名の男たちが必死に取り押さえようとしている。女はカミダーリ（神懸かり）をしたようだ。線香の匂いや煙の中で、耐えられずに死者の霊が取り憑いたのだろうか。女はうめき声を発しながら、ほどけた髪を振り乱して暴れている……。

和恵は、その長い髪を見ながら、母の姿を思い出した。孝子と二人で、競って甘えた母の匂いを思い出した。母の息遣いさえ身近に感じられた。

和恵は、自分の思いを秀次に告げようと思って立ち上がった。一瞬、よろめいて倒れそうになった。和恵の身体を、康秀が支えてくれた。和恵は、笑みを浮かべて康秀を見た。

秀次は、まだ遺骨を見つめ、座り続けていた。じーっとしたまま動こうともしない。あれほど喧《やかま》しく鳴き続けていた蟬の声はいつの間にか止んでいた。

和恵は、秀次に言うべき言葉を、もう一度心の中で反芻した。柔らかい夕暮れの日差しが、掘り起こされた土坑を照らし、辺りを包んでいた。

第二話　ヌジファ

1

「ヌジファ？　今、ヌジファって言ったの？」

「そう、ヌジファよ」

「ヌジファって、何？」

正樹《まさき》は、思わず聞き返した。

「ヌジファって言うのはね、その土地に縛られているマブイを解き放つことだって。俊《しゅん》一《いち》のマブイはね、まだ、パラオに残っていて、成仏出来ずに彷徨《さまよ》っているんだって。それを郷里の先祖のもとへ案内して、成仏させようというわけよ。それを、ヌジファって言うんだって。死んだ人を、忘れてはいけませんよって」

長姉の頼子《よりこ》の電話の声が、妙にはっきりと聞こえる。

「マブイって、魂のこと？」

「そう、タマシイのこと、そのマブイよ」

「そんなこと……。だれが言ったんだよ」

「ユタがさ」

「ユタ？　ユタの所に行ったの？」

「行ったよ……。あんたは仕事があるから忙しいと思ってね。俊夫《としお》と美登子《みとこ》と三人で行ってきたよ。そしたら、ユタが言うんだよ。あんたたちは、チャッチウシクミ（死んだ長男を粗末にする）をしている。長男がいるのに、次男の俊夫を長男扱いしている。これでは亡くなった長男の俊一が浮かばれないよってね」

「そんな……」

　正樹は、言葉を詰まらせた。俊一のマブイがパラオにあって、それを連れて来るなんてことが出来るのだろうか。それに、戦後五十年……。俊一がパラオで亡くなってから、すでに五十年余が過ぎているのだ。

「俊一兄《にい》さんの遺骨は、ちゃんと郷里の墓に埋葬したということを、父さんから聞いたことがあるよ」

「遺骨は、持ち帰って埋葬しているけれども、マブイは持ち帰っていないんだって」

「そんな……。マブイなんて持ち帰れるわけがないじゃないか」

「それが、出来るらしいのよ。ユタが一緒に行ってくれるから大丈夫だって」

正樹は、ますます驚いてしまった。そして、「ユタが、一緒に行ってくれる」という頼子の言葉に、さらに不愉快な気分を募らせた。ユタの金儲けのために、家族の皆が利用されるのではないか。そんな不安が頭をよぎったのだ。

沖縄には、ユタと呼ばれる人は、およそ千人以上はいると言われている。ユタだけでなく、呪術的なことをやっている人をも含めると、四、五千人はいるだろうとも言われている。人々は、心配ごとや、いつまでも良くならない病気などがあると、ユタにハンジ（判示）をお願いする。そのハンジに従うと、治らぬ病気が治ったり、災いが取り払われたりすることがあるという。

ユタのもとに持ち込まれる悩み事は、死者の供養や病気に関することだけでなく、家の新築、位牌の継承、家庭の不和、結婚、離婚、運勢、紛失物の捜索、マブイグムイ（マブイ込め）や商売繁盛等々、様々である。

ユタは、神霊や先祖から与えられた霊能力を持っていて、霊界と現世との間に立って両側の言い分を聞き、悩みや問題の解決を命ぜられた者であるという。しかし、最近では霊能力とは関係なく、怪しい本を頼りに占いを専門にしている人もおれば、明らかに金儲けを企てている偽のユタがいるとも言われている。もちろん、沖縄の人々の多くは、ユタのハンジなど、まったく眼中にない生活を送っている人も多いはずだ。

姉の頼子と美登子は、母が亡くなった後のマブイワカシをするために、ユタの所へ行く相談をしていた。マブイワカシとは、死者が現世に未練を残さずに、安心してあの世へ旅立つための供養の儀礼である。そのウガン（御願）は、ユタに頼むのが一般的だ。

ユタは、死者のマブイを呼び戻して家族へ対する思いを聞き出し、あるいは家族の死者に対する無礼はなかったか、などを確かめる。ときには、死者の霊がユタに憑依《ひょうい》して、死者の声音で語られることもあるという。その言葉を聞きながら、遺された家族は、現世での始末をしっかりとつける約束をする。それで初めて死者は、安心してあの世に逝けるというわけだ。姉たちは、それを母の死に際して行いたいと言っていた。

正樹は、気が進まなかったが、そのことに興味を覚え、もし行くとなれば、自分も一緒に行きたいと、申し出ていたのだ。

しかし、姉たちはマブイワカシのウガンをしてもらうためにユタの所へ行ったはずなのに、どうしてヌジファだとか、チャッチウシクミだとかいうハンジが出るのだろう。それは、マブイワカシのハンジとは、違うのではないか。それに……、三年ほど前、パラオには、家族の皆で行ったばかりだ。たぶん、父が生きていたら、そんなユタの言葉を一笑に付しただろう。

「皆でパラオにも行って、俊一兄さんのために焼香もしたじゃないか……」

「それがね……、ユタが言うには、あんたたちは旅行で行ったんであって、ちゃんとオガミ（供養）には行っていない。俊一のマブイは、まだ彷徨っているんだって。長男である俊一をないがしろにしてはいけないって……」

「そんな……」

正樹は、絶句した。あまりにも、勝手過ぎると思った。どんな理屈でも、あとから付けることが出来るのだ。

父さんや母さんだって、俊夫を長男と呼んできたのだ。俊一が亡くなった後に生まれてきたんだから当然だ。親族たちも、そのように呼び慣わしてきた。それでいいのではないか。

正樹は、しだいにユタに対する怒りの感情が沸き起こってきた。頼子は、正樹のそんな思いを察したのか、少し、言葉の調子を落として言いついだ。

「ユタの世界のことだからね。私たちの常識とは、少し違うところがあるさ。それに……、どうしても、というわけでもないのよ。郷里に近い港の海岸で、お通しのウガンをしてもいいんだって。でも、現地に行ってマブイを拾ってくるのが、一番確実なヌジファになるんだってよ……。スゥーカーワタイのウガンをしなければ、いけないというわけよ」

「スゥーカーワタイのウガン？」

「海を隔てて死んだ人のマブイを呼び戻すウガンのこと」

正樹は、急に頼子が年老いたように感じられた。若いころは、中学校の家庭科の教師をも勤めていた姉が、いつの間にかウガングトゥ（御願事）を信じている。

「私だって、全部を信じているわけではないのよ。ただ……」

「ただ、何なの？」

「ただ……、私たちにも少しは責任があるわけよ。俊夫を長男、長男と、皆で言ってきたじゃない。今回の母さんの告別式の案内欄にだって、俊夫を長男として載せたじゃない。だけど、ユタの言うとおり俊夫は本当は次男なわけよ。俊夫が病気になって入院したり、体調が優れないのは、俊一のマブイがチャッチウシクミをしていることを知らせているのに、いつまでも皆が気づかないから苛立っているんだって。ユタが、そう言うのよ。俊夫の嫁さんは、もうそのことをひどく気にしてね。是非、パラオにウガンに行こうと言っているのよ」

「俊夫兄さんはどうなの？」

「当然、俊夫本人も是非行きたいと言っているわ」

「そう……。行くとなれば、もちろん、ぼくも行くけどね……」

「うん、そのつもりでいてね。そうしてくれると助かるわ……」

「その……、母さんは何か言っていたの？」

正樹は、そう言った後で、少し変な言い方かなと思った。死んだ母さんが何かを言うわけがない。そう思って言い換えようとしたが、すぐに頼子から返事がきた。

「母さんは、有り難うって言っているって。皆に感謝したい。思い残すことは何もない。お世話になりました。私はあの世に参りますって」

「そう……」

「母さんの死は、だれも看取ることが出来なかったから気になっていたんだけどね。きっと往生したんだよ……」

頼子の、当初の弾むような声は、正樹とのやりとりの中で、すっかり疲れた様子で、ため息をつくような声に変わっていた。

「また、電話するからね……。ヌジファのことは、あとで、皆で、ゆっくり相談しようね」

頼子が、ため息をつくような声を残して電話を切った。正樹も、それに合わせるようにため息をついた。

頼子の言ったことは、確かに理屈は通っている。いや、ユタの言ったことだ。理屈は通っているが、素直に信じるわけにはいかない。素直に従うことを快く思っていない自分がいる。

しかし、体調の優れない俊夫のことを考えると、むげに断ることも出来ない。頼子も、きっとそのことで悩んでいるのだろう……。

父が亡くなってから半年後に、俊夫は救急病院に担ぎ込まれた。すぐに手術が必要だという。正樹は、義姉と一緒に医者の説明を受けた。急性の膵臓《すいぞう》炎だった。過度な飲酒等に原因があると言われ、手術が終わっても、九十九パーセント、元の健康な身体に戻ることはないと言われた。絶望的な気分だった。

俊夫の七〇キロ余もあった屈強な身体は、見る見るうちに痩せ衰えて四〇キロほどになった。黒々とした髪は、半年余の入院でほとんど抜け落ちた。幾度か死線を彷徨った後に、奇跡的に命を取り留めた。杖をついての退院だった。

退院後、俊夫の身体は徐々に回復していったが、医者の予言通り、元の身体には戻らなかった。何度か、その後も救急病院へ運び込まれた。そして、退院以来、今日まで、ずっとインシュリンの注射を打ち続けていたのである。

そのような行為を毎晩続けていることを目撃したのは、一度目のパラオ行きの時だった。正樹の衝撃は大きかった。ホテルで部屋を一緒にしたのだが、風呂上がりに痩せ細った脚を剝き出しにして、注射針を腿に突き立てている姿に、一瞬、正樹は目を疑った。

「兄さん……」

正樹は、絶句した。俊夫の脚の筋肉は、鶏の鶏冠《とさか》のようにしわくちゃになって垂れ下がっていた。俊夫の元気な振る舞いから、迂闊にも病気のことを、すっかり忘れてしまっていた。薬剤師でもある本人こそが、自分の病のことはよく知っており、充分に用心をしているのだろうと思っていた。もちろん、そのとおり用心を続けてきたのだろうが、用心をする行為が、二十数年間、毎晩のように腿に針を突き立てることだったとは……。

「心配することはないよ、大丈夫だよ。自分の身体のことは、自分が一番よく知っている。

まだ、死にはしないさ……」

俊夫は、そんな風に言いながら笑顔を見せた。そして、鞄から、何本かの注射器とインシュリンを取り出して、正樹に使い方を説明した。正樹は、ほとんど放心状態で聞いていた。

そんな俊夫の病が、ヌジファをすればよくなると言う。信じられないことだが、俊夫と義姉がそのように望んでいるのであれば、反対することは、何もない。むしろ、正樹も一緒について行き、是非、ヌジファを見届けたいと思った。

正樹は、受話器を置いた後、徐々にそのような思いに心が占領されている自分に気づいた。

「せっかく、この地で授かった命なんだから、少しは大事にせんとな。これまで、粗末に扱い過ぎたからな……」

俊夫は、パラオのホテルでつぶやくようにそう言ったのだ。

宿泊したホテルの近くでは、一晩中、野犬が群をなして走り回っていた。吠える声は、寝室まで届き、明け方まで続いていた。あれから三年になるのだ……。

兄の俊夫は、昭和十九年二月、戦争のただ中のパラオで生まれた。引き揚げ船に乗ったのは、二年後の昭和二十一年二月だった。

2

「アイエナー（ああ）、こんなになってしまって……」

「チムグリサヌヤァ（哀れなことよ）、成仏シィドオ」

「上等骨ドォ、ユゥー焼キトンドォ（よく焼けているよ）……」

母の骨を前にして、親族の間から、ざわざわと、悲しみとも哀れみとも採れるような声が上がる。

俊夫がせかされるように前へ進み出て、手に持った竹の箸で母の骨を挟む。その骨を傍らの頼子が竹の箸で受け取り、さらに美登子が受け取って、用意した骨壺に入れる。この「箸渡し」の儀式を三度繰り返した後、親族たちが一斉に骨を拾う。それぞれに箸を手に持ち、母の骨を取り囲む。四方から、食いちぎるように挟み取って骨壺に入れていく。その姿は、まるで喪服を着た黒い蟹のようにも見える。

「アリィ、アリィ、慌てるなよ、骨は足元から順に頭の方へ拾っていくんだよ……」

輪の中から、教え諭すような長老たちの声が上がる。骨を拾う親族の手は止まらない。口々に成仏を唱えながら、母への別れを告げる。死者の骨を拾うのは、ご利益があることだと信じられている。

正樹の二人の娘が皆の行為を見つめ、目を赤く腫らしながら後方に隠れるように立っていた。正樹は、それに気づくと、二人の元へ歩み寄り、無言で背中をそっと押した。振り返る娘たちに、箸を使って骨上げに参加するようにと目配せをする。一瞬、中学生の下の娘には酷いことかもしれないと思ったが、母の死を見ることは、この子たちにとっても大切なことのような気がした。二人は、ためらいながらも親族の立ち並ぶ隙間から分け入って母の骨を箸で挟んだ。

正樹は、白い骨に変わり果てた母の姿を見つめながら、父の骨を見たときと同じ衝撃が蘇ってくるのを感じた。しかし、その衝撃はすぐに消え、不思議なほど穏やかな気持ちで骨上げの儀式を眺め続けていた。

母の死を告げる頼子の甲高い声を聞いたのは、午前四時ごろだった。

「正樹！　母さんが、大変よ。すぐに来て！」

正樹は、いよいよ来たかと思って受話器を置き、母を預けている療護施設へ駆けつけた。

そのときには、すでに母の命は尽きていた。母の死は、施設で死が確認されてから頼子に連絡されたものだった。

施設の職員は、母の異変に気づいたのは、明け方の巡回時で、そのときには、すでにベッドで冷たくなっていたこと、穏やかで眠るような死だったことを盛んに説明した。不手際はなかったことを暗に強調しているようにも思われて不愉快な気分になった。しかし、正樹ももちろん、だれもそのことを咎める者はいなかった。皆、覚悟していたのだ。

母の遺体を施設から引き取り、正樹の運転する車に乗せ、俊夫が抱きかかえるようにして後部座席に座った。そのときには、もう辺りは、すっかり明るくなっていた。

「何だか、死んだとは思えないなあ……」

母の身体を支えながら、俊夫がぽつりと言った。バックミラーに映る俊夫と母の姿は、正樹にも、まるで語り合っているように見えた。俊夫は、さかんに母の死に顔を右手で撫でていた。

ゴーッというジェット機の音が耳に飛び込んできた。G村は、日本でも有数な米軍基地キャンプハンセンが存在する金武《きん》町の隣にある。正樹は、ジェット機の音を聞きながら、続いて行われる告別式の進行や納骨までの一連の法事を思い浮かべた。法事は、淡々と行われなければならない。立ち止まると、悲しみに耐えられなくなるのだ。正樹が、父の死から学んだ教訓だった。

「アリィ、アリィ、骨は、砕いて、砕いて……」

「頭蓋骨は、最後だよ。上に被せるように……。アリィ、俊夫は、どこだ。俊夫が、最後に頭蓋骨を入れるんだよ」

親族の輪の中から、再び飛び交わされる忠告に、俊夫が慌てて頭蓋骨を箸で挟み骨壺に入れた。サクサクと骨の崩れる音がして、すべての骨が骨壺に納まった。瞬時の間に、母の骨は目前からひとかけらも残らずに消えた。

読経を依頼した坊さんが、大きな手で骨壺を受け取り、壺の前後を確かめてゆっくりと四角い木箱に入れた。白い布で覆い、強く縛る。それを俊夫が受け取って歩き出す。

母は、享年八十五歳。父を亡くしてから二十年余、気を張りつめて生きてきた。晩年の十年余は、糸が切れたように呆けたままだった。父は元日の午前一時〇五分に亡くなった。母もまた年末の十二月三〇日、師走の慌ただしさの中で死んだ。運命のようだと思った。忍び寄って来る死は、たぶんだれの手にも負えないのだ……。

母の遺骨を持った俊夫に続いて遺影を持った頼子と、位牌を持った甥が続いた。末弟の安俊《やすとし》が、黒い傘を差して俊夫の傍らに立つ。車に乗り込んだ俊夫が、静かに弔問者へ会釈をする。正樹も傍らに立ち、深く頭を下げた。

別れた妻の佳奈子の姿が視界に入った。二人の娘と寄り添うように黒い喪服を着け、和《やわ》らいだ午後の日差しを受けて立っている。母が、佳奈子のことをとても気に入っていたことを思い出す。新婚当時は、週末になると、二人してよく母や父の待つ実家を訪ねたものだ。そのころの思い出が蘇ってくる……。

正樹は、その思い出を振り払うように車に乗る。母の骨を納める墓は、郷里の大宜味《おおぎみ》村にある。G村から車を走らせて約一時間。正樹は、エンジンを掛け、俊夫の車を追いかけた。

3

母の骨は、やはり父と同じように墓内にこぼすことにした。父の骨もそのようにしたのだが、当初は骨壺に入れたまま墓内に置くつもりだった。それが出来なかった。正樹たちの願いを、今はもう亡くなった伯父が、顔をゆがめながら拒んだのだ。

「お前たちの言うことは分からんでもないがな……、お父を寂しくさせてもいいのか。お父の骨を、親族の骨の上にこぼすのは、あの世で、皆と一緒にさせるためなんだよ。墓には、お父の両親も、戦死した兄さんも、南洋で亡くなった俊一もいるんだ。その骨と一緒にするのが、どうして嫌なんだ」

伯父は、戸惑う正樹たちの顔を見ながら、なおも続けた。

「やがて、私もそこに行く……。私の骨も、そこに、こぼして欲しい。私には、息子がいないから、頼めるのはお前たちだけだ。お父の骨と一緒に葬ってくれ。よろしく頼むよ……」

正樹は、その言葉を聞くと、もう、強く自分の思いを主張することが出来なかった。

父を葬る墓は、一族皆が祀られている門中墓だ。手狭になった墓から、父の死を機会に骨を移し、新たな墓を作りたいと考えていた。そのために、骨壺に入れたままにしておきたかったのだ。そのことを、兄と二人で、伯父たちに頼んだのだった。

父の遺体を運びこんだ通夜の晩、伯父はずーっと父を抱くようにして傍らで寄り添って寝ていた。父は四人兄弟の末っ子で、一番上がその伯父だった。二番目の伯父は、戦争で海軍兵士として戦死し、三番めの伯父は、父と同じく、長く教職に携わった後、病死していた。長兄である伯父と父だけが残っていたが、二人は特に仲がよく、戦前、父をパラオに呼び寄せたのも、その伯父だった。

正樹たちは、意を決して父の骨を、一族の骨の上にこぼすことにした。貝殻のようになった父の骨は、サラサラ、サラサラ……、と音立てて皆の骨と抱き合うように小さな山を作った。

母の骨を納めるときも、父のときと同じように、正樹は兄と一緒に墓内に入った。周りでは、年輩の親族たちが、正樹たちの仕種を見守りながら、あれこれと指図する。正樹は、言われたとおり、墓口を頭から入り、後《あと》ずさるように尻から出た。

父の骨も二十数年ぶりに墓内で見た。その骨の上に母の骨をこぼした。二つの骨は、やはり、サラサラ、サラサラ……、と優しい音を立てながら重なっていった……。

「えーっ、正樹、バケツと柄杓《ひしゃく》は、準備しているんだろうね?」

突然、古希を過ぎた従姉に、正樹は問いただされた。祭壇の片づけも済み、参列した村人たちへのお礼も済ませた後のことだった。一日の慌ただしい法事をすべて終え、墓前にごく身近な親戚縁者と家族とが集まって、生花を立て直したり、労をねぎらったりしている時だった。

正樹は、俊夫に目配せをして、急いで村の共同売店まで車を走らせ、バケツと柄杓を買ってきた。近くの水道管の蛇口をひねり、水を入れて献花の傍らに置いた。

「正樹、そこではないよ。墓口の近くに置くんだよ」

老いた従姉が、正樹の背後から声を掛けた。正樹は、不思議な思いで振り向いた。バケツの水は、生花を枯らさないようにするために、容器に注ぎ足すものだと思っていたからだ。

「正樹……、この水はね、お母が手足を洗うためのものなんだよ。そのために、七七忌が終わるまで、墓の出入口に置くんだよ」

正樹は、驚いた。次の言葉が出てこなかった。正樹のそんな表情を見て、従姉は曲がった腰を伸ばし、小さく微笑みながら言った。

「お母はね、四十九日が終わるまで、センゾ（墓）の口を、出たり入ったりするんだよ。そのためのものさ……」

正樹は、うなずきながら、墓の出入口にバケツを置いた。それから、墓庭を囲んでいる段差の低いブロック塀《べい》に腰を降ろした。

傍らに腰を降ろしていた叔父が、煙草に火を点けた後、声を低くして正樹に語りかけた。

「正樹、従姉《ネエ》さんが言う通りだよ……。正樹が知らなかったのも無理もないよな……。昔はな、遺体は火葬せずに、棺に入れたままで墓の中に納めたんだよ。だからな、ナーチャーミーと言って、翌日、必ず親族のだれかが墓を訪ねて、ちゃんと、死んでいたかどうかを確かめたんだよ。生き返りはしないかといってな。一晩中、酒を飲みながら、墓の前で夜を明かすこともあったらしい……」

「洗骨というのも、あったらしいですね」

正樹の傍らから、末弟の安俊が興味深そうに尋ねる。

「そうだよ……。死んでから三年目ぐらいかな。いい日を選んで墓の口を開けてな、棺を取り出して、骨を酒や海水で洗い清めるんだ。布に泡盛を含ませてな、遺骨に付いた肉をふき取るんだよ。それは、身内の女たちの役目でな……。皆で遺骨を囲んで、語りかけるようにして骨を洗うんだ。手で撫でながらな。中にはまだ肉が付いている骨もあってな……、それこそ削ぎ落とすようにして……」

「アリィ、叔父さんよ。叔母さんが死んだばかりだというのに、センゾの前でこんな話をして……。やめなさいよ」

目前の従姉が、腰を伸ばすようにして立ち上がり、振り返って口に泡盛を含み、飲み込んだあと、叔父に言った。

叔父は、首をすくめるようにしてすぐに押し黙った。叔父は、母の弟で、父の姪である従姉よりも五歳ほど年が若い。

正樹も、洗骨のことは知っていた。この門中墓にも、火葬されずに洗骨だけで葬られた遺骨もあった。暗闇で、長い手足が剥き出しのままでエビの脚のようになって四角い仕切を飛び出していた。洗骨の風習が無くなったのは、戦後になってからだという。

「従姉《ネエ》さん……、四十九日には、ユタは呼ばないでいいかね……」

二人の姉と、従姉とのやりとりが聞こえてくる。長姉の頼子は、六十歳を過ぎたばかりだ。次姉の美登子も、もうすぐ定年で退職を迎える。そういうことが気になる年齢なんだろう。うなずきながら尋ねている。正樹だって、もう、四十歳を過ぎた……。

墓庭からは、山を背にして正面に海が見える。辺りは日が暮れかけ、海から吹き上げてくる師走の寒風が、身体を刺した。

正樹は、長い一日のことを思い出しながら、墓前に広がる郷里の海を眺めた。海の色は鈍く沈んでいて、幼いころ見た海とは、少し違うように思われた……。

4

「人間は肉体だけで生きているのではありませんよ。一人一人にタマシイというのがあってね。そのタマシイが肉体を動かし、生かしているんだよ。そのタマシイのことをマブイというんだよ」

ユタの名前は、天願《てんがん》キヨと言った。六十歳の半ばぐらいだろうか。表情も豊かで、血色も良かった。少し、脚が痛いということだったが、杖をつくほどではないという。どこにでもいる普通のおばさんという感じがする。その天願キヨが、生き生きと話し出した。

「人間が死ぬというのはね。マブイが肉体から離れていくということですよ。すべてのものに寿命があるように、肉体にも寿命があるんです。マブイは、その寿命を知って肉体を離れるんです。それを死と言っているわけですよ。もちろん、マブイが人の寿命を決めるのではなくて、マブイはそれを予知することが出来るだけです。人の寿命は、やはり仏や神様が決めることなんです。マブイにとっても、これはどうにもならないことです。だから、マブイのなかには、死後も、現世に強い未練を持ったりするのです。なかには、自分が死んだということを知らないマブイもいるんです。だから、マブイワカシのウガンも必要というわけです」

「マブイワカシというと、マブイを、現世から別れさせる、離れさせるということなんですよね」

「そうだね、そうも言えるだろうね……。マブイに向かってね、あんたの肉体は、もう死んだんだよって、言い聞かせるわけだからね。この世との、お別れの儀式とでも言えるかね」

天願キヨは、笑顔を作って正樹の質問に答えた。ゆったりとした表情には、どこか気品さえ漂っている。

天願キヨは、赤瓦葺きの家で、正面にヒンプー（目隠し）を据えた沖縄独特の家に住んでいた。頼子が前もって時間を予約してくれたのだが、パラオへ渡る前に、もう一度、事前の打ち合わせのために訪ねたのだった。今度は、正樹も一緒だ。

正樹たち姉弟は、やはりヌジファをしに、パラオへ行くことにした。なんだか複雑な思いだったが、兄の病気のことを考えると、そうも言っておれなかった。

天願キヨにとっても、パラオに行くとなると、二泊三日の旅になる。ここでの仕事のやりくりを、うまくつけてもらわなければならなかった。無理を頼むことになるので、正樹たちは、もう一度、礼儀を尽くすべきだと思って訪問したのだった。

三番座と呼ばれる十畳ほどの南側の部屋には、数人の客が床板に座って順番を待っていた。正樹たちも一時間ほどそこで待った後、中央の畳座の一番座を通り抜けて北側の部屋に通された。そこは六畳ほどの部屋で二番座と呼ばれていた。天願キヨは、紺地に白い絣《かすり》模様の入った着物を着て、卓袱《ちゃぶ》台に乗せた茶を啜りながら、そこに座っていた。

「あんたは、子年《ねどし》かね?」

正樹は、座った途端に、干支《えと》を当てられて驚いた。

「ええ、そうです……、どうして分かるんですか?」

「どうしてって……、分かるものは分かるさ」

天願キヨは、少し笑いながら正樹の顔を見て、それから頼子に向き直った。

天願キヨの顔は面長で、眉毛の両端が少し下がり、細い眼が鋭く横一文字に切れている。いつも笑みをたたえているように見える表情は、よく見ると眼は少しも笑っていなかった。瞼の下の筋肉が少し弛んでいるところは、老いた母の姿さえも彷彿させた。

天願キヨは、頼子を相手に、いろいろな打ち合わせを始めた。正樹は、それを聞きながら、時々口を挟んで、疑問を問い質した。

「子年《ねどし》の人は、なんでも聞きたがるが、あんたもそのようだね……」

正樹は、天願キヨに煙たがられたようだったが、実際、マブイの話をもう少し聞きたかった。躙《にじ》りよるような正樹の姿に、天願キヨは、事務的な話を頼子と済ませた後、少し苦笑しながら、再び正樹に向かって話し始めた。

「肉体から離れたマブイはね、いろいろな手続きを経て霊界の一員となるんだよ。そこは死後の世界と言っていますがね。その世界で第一歩を踏み出すわけですよ。イチマブイ（生霊）が、シニマブイ（死霊）に変わるわけです。死んだら、確かに肉体は消滅しますが、マブイにとって、過去を消滅させることは出来ません。過去に何か引っかかりがあると、霊界で安定した境遇を得ることが出来ないのです。その気がかりなことを解決してくれるように現世に注文してくるんです。その注文を仰せつかり、霊界と現世との橋渡しをして、解決策を知らせているのが、私たちユタなんですよ」

「なるほどね……。でも、霊界では、自分の力で問題を解決することは出来ないのですか?」

「霊界だけの問題ではないですからね、仏や神の力が必要です。現世の人と協力して、仏や神にお願いする。現世と関係のあることだから、現世に住んでいる人々へもお願いをしなければならない。そこで、ウガンも必要になってくるわけです」

頼子が、しきりに天願キヨを気遣って、正樹の興味を逸らそうとしていた。正樹は、頼子の気持ちを思いやって、次第に天願キヨの話に相づちを打つことだけにとどめた。たぶん、パラオへの道中で、疑問に思うことは、何度も尋ねる機会があるはずだ。

天願キヨの話を聞いて、パラオで死んだ俊一のマブイを拾いに行かねばならないことは分かったような気がした。何よりも俊夫の健康が回復されれば、それだけで充分だと思う。

正樹は、ふと、天願キヨに母の狂気を救えただろうかと思った。やはり、救えたようには思えなかった。

母の狂気の原因には、首里士族の末裔としての誇りがあったようにも思う。父と二人して営々と築いてきた人生を汚されたくはなかったのだ。母は、父の死後、周りの人々の思惑へ過剰に反応した。執拗なほどの謝意と、押しつけがましい親切は、やがて私たちをも苛立たせたが、あるいは母をも疲れさせていたのかもしれない。

父の死後、十年ほど経過したころから、母は家族のだれかれとなく罵倒するようになった。さらに、嫁に毒殺されると罵《ののし》り、その証拠だと言って、黒砂糖の入った瓶を持ち歩き、親族や友人らに見せびらかした。黒砂糖に毒が塗ってあるというのである。さらに、父の遺族年金を一括して下ろし、大金を持って徘徊するようになった。金銭を湯水のごとく使い、自宅で、粗相するようにもなった。足腰が痛いといって通院している病院からは、抱えきれないほどの薬を調合されて飲んでいた。

ちょうどそのころ、正樹と佳奈子の夫婦仲は、修復出来ないほど悪い方向へ走り始めていた……。

5

正樹たちが母を連れて、姉弟皆でパラオに渡ったのは、平成九年の十一月だった。グアムを経由して、宵闇の中をパラオ国際空港に到着した。滑走路に降りた飛行機は、長い間、ランニングを続けていたので、大きな空港かと思ったが、実際はそうではなかった。入国手続きのために設けられたターミナルビルは小さく、コンクリートの壁は、剝き出しになっていた。室内には冷房はなく、高い天井から釣り下げられた扇風機が、うなり声を上げて回っていた。

正樹たちは、ホテルから迎えに来たライトバンに詰め込まれるようにして空港を後にした。気がつくと、道路脇には一機の街灯もなく、車は闇の中をホテルへ向かっていた。

車に乗って間もなく、母は、ぶつぶつと独り言を言い始め、落ち着きを失っていった。母の傍らに座っている姉の頼子が、なだめるようにして母の気持ちを鎮めた。どうやら母は、正樹たち以外のだれかがこの車に乗っていると言うのだ。何やら黒い影が、シートに腰掛けていると言うのである。

頼子の説明を聞いて、皆はいつもの妄想だと笑って、母を見守った。母の言葉に、うわの空で相づちを打ちながら、正樹も初めて見る異国の闇へ、すぐに目を移した。今考えると、その人影が、あるいは俊一兄のマブイだったのかな、とも思う……。

翌日、姉たちの記憶を頼りにして、姉たちが住んでいた官舎跡、俊一兄を祀った南洋神社、そして戦時中、家族が身を潜めて住んでいたという小さなアイミリーキ村を、現地のガイドに案内してもらった。その地を訪ねることがこの旅の目的であった。運転手を兼ねたルビーさんという女性のガイドは、昨日と同じライトバンの車を用意してくれた。姉たちも正樹も、昨晩見た黒い影のことはすっかり忘れていた。

パラオにも、確かに戦後五十年余の歳月が流れたはずなのに、時間は止まっていたかのように感じられた。戦後の復興と資本主義経済の繁栄は、この地にはまるで関係がなかったかのように歳月が重ねられていた。バスや電車もなく、交通信号機は島内で一か所だけ。四階以上の建物もまったくないというのが、ルビーさんの説明だった。

人々は、ぽつりぽつりと散在する三角屋根の質素な建物の下で、ゆったりとくつろいでいた。樹の陰には、旧日本軍の戦車の残骸だと思われる赤錆びた砲身さえ見えた。二人の姉は、当時と変わらない多くの風景に感慨深そうに見入っていた。

実は、正樹たちが、母を連れてパラオに行くことを思いついたのには理由があった。そして、だれもがその理由には、科学的な根拠がないことをも知っていた。しかし、そうせずにはいられない思いが、だれの心にも宿っていた。

母をパラオに連れていけば、あるいは記憶を取り戻せるのではないか。呆けた母の現実を信じたくないばかりに、そのような旅を思い立ったのだ。あるいは、だれもが迫り来る母の死を覚悟し、母の生前に出来る最後の親孝行かもしれないとの密かな思いもあったはずだ。それだけではない。それぞれが独立して母の元を去ってから、皆が集まって一緒に旅をするのは、初めてのことであった。

パラオは、日本から直線距離にして約三二〇〇キロの南の海上に浮かぶ小さな共和国である。人口はおよそ二万人。首都のあるコロール島を中心に、南北におよそ七〇〇キロに渡って伸びる小さな二百余の島々からなる常夏の国だ。一九一〇年代から三〇年間余、日本の統治下に置かれ、去る大戦では日本陸海軍の主要部隊が駐屯する太平洋上の重要基地となった。このパラオで、母と父は、若い日々を過ごしたのだ。また、姉たちにとっても、幼い日々を過ごした懐かしい思い出の地であった。

父は昭和十四年に南洋庁の農業技師として家族を引き連れてパラオに渡った。伯父の招きに応えたものであった。伯父は、現地で漁業を営んで財を築き、貸し住宅などをも手広く始めていた。父は、母と結婚した後、教師生活に就いていたが、その職を捨ててのパラオ行きだった。

その後、父は昭和十六年にコロールの公学校の教師として現地採用される。二人の姉は、当時十歳にも満たなかったが、豊かな自然の中で手をつないで遊び回り、異国の人々に可愛がられて育ったのだ。

そんな中、戦争の嵐が、徐々にパラオにも押し寄せてくる。パラオの地で誕生した俊一兄は、三歳の誕生日を迎える直前に風邪をこじらせて死んでしまう。母は、何日も何日も泣き続けたという。

数年後、いよいよ戦線は押し迫り、父も召兵される。母は戦乱の中を二人の娘の手を引き、生まれたばかりの俊夫を抱いて、現地の人々の世話を受けながら逃げまどう。父が、戦地で病に倒れたという報が母のもとに届く。二人の姉は、少しでも精が付くものをと、母に託された芋や魚を手みやげに、一日がかりの道程を歩き、ジャングルの中の野戦病院の父を見舞う。途中、手に持った魚や食糧を、憲兵に取り上げられることもあったという。姉たちは、病院のベッドの上で猿のように痩せた父を見て泣き崩れる。やがて、米軍の爆弾が、連日のようにパラオの島々に投下される。母と姉たちは、さらに奥深いジャングルへ身を隠す……。そんな怒濤のような歳月を、母たちはこの地で過ごしたのだ。

ホテルを出発して、最初の目的地の南洋神社に着いた時、急にスコールがやってきた。パラオの天気が変わりやすいことは知っていた。南洋神社の前でライトバンを止め、皆で手を合わせようと、持ってきた線香に火を点けたときだった。ヘリコプターの轟音《ごうおん》を思わせるような激しい雨が降り出したのである。正樹たちは、香を焚くのもそこそこに、慌てて引き返し、ライトバンに乗り込んだ。

「俊一兄さんの、涙雨かな……」

次弟の俊治《としはる》が、ライトバンの窓ガラスの曇りを手でふきながら、そっとつぶやいた。俊治は、この旅行の企画や交渉を一手に引き受けてくれていた。

「そうだね、俊一の涙雨かもね……」

長姉の頼子が、濡れた母の頭や頬をふきながら答える。母はパラオに来ていることを、まだ理解することが出来ないでいる。皆で何度言い聞かせても、埒《らち》が明かなかった。

母は、朝、ライトバンに乗せたとき、正樹たちに笑って手を振りながら丁寧に礼を言った。

「皆さん、有り難うございました。デイケアの車が迎えに来ましたので、私はG村に帰ります。皆さん、お世話になりました。さようなら」

その言葉を聞いて、美登子が目に涙を溜め、言葉を詰まらせた。ハンカチで涙をぬぐった後、母を抱くようにして語りかけた。

「母さん、ここはパラオだよ。何度言ったら分かってくれるの。G村ではないよ……」

「施設の皆さん、私は大丈夫ですよ。お世話になりました。有り難うございました」

母は、笑顔を見せて、皆に語りかける。もちろん、正樹たちを、自分の息子や娘とは思っていないかもしれない。母は、アルツハイマー病と診断されていた……。

神社を後にして十数分後、天気はまた嘘のように晴れ上がった。すぐに太陽が顔を覗かせ、強い日差しが戻ってきた。次の目的地である官舎跡へ向かう途中、伯父たちが住んでいたというコロールの繁華街跡を通った。華やかな飲食店を思わせる石柱や日本語の文字の刻まれた石の杭が、卒塔婆《そとば》のように数本も立っていた。

コロールの学校跡や官舎跡に近づくと、頼子は感慨深そうに思い出の風景を語り始めた。窓の外の景色を眺めながら、徐々に記憶も蘇ってきているようだ。ライトバンが止まるのも、もどかしそうに、すぐに父の遺影を抱いて飛び降りた。四方八方に駆け出しては、感激の声を上げた。美登子も、手招きされるがままに頼子の元へ駆け出した。

正樹たちは、母の手を引きながら、二人の姉の仕種を見て笑った。

「ここ、ここよ。あったわよ！　官舎跡よ！」

頼子の姿が、間道に消えたかと思うと再び路上に現れて、大声で呼びかける。正樹たちが歩み寄ると、姉たちは、感慨深そうに、官舎跡の景色に目を凝らしていた。

「ここが、私たちの住んでいた場所なのよ……」

「ほらほら、防空壕跡もあるよ。ほら、ここにはっきりと……。父さんが、床下に掘ったのよ……」

正樹たちも、思わず駆け寄って目を凝らした。落ち葉を被り、雑草に覆われているとはいえ、四角く縁取られたコンクリートの枠は、はっきりと、それと分かる隈取りを見せていた。地上の建物は消えたとはいえ、間取りを示すコンクリートの縁取り、玄関の敷石、台所から外に出る階段、壊れた石柱など、すべてが家が建っていたことを如実に示していた。

「ここに三、四軒の官舎が並んで建っていたの。そして、ここが、私たちが住んでいた場所なのよ……」

「不思議だね……、本当に残っていたんだね……」

「ぼくらが来るのを、待っていたみたいだね」

皆が、それぞれに感慨を漏らす。木漏れ日が、皆の姿を、ちらちらと映し出している。

「父さんは、分かるかな……」

父の遺影を見ながら、正樹はつぶやいた。

「マンゴーの樹が、庭にあって……、ほらこんなに大きな樹になっている……」

「ここで俊一が死んで……、そして俊夫が生まれたの……」

姉たちは、蘇った記憶を矢継ぎ早に正樹たちに語りかけた。

「俊夫は、覚えている？」

「覚えているはずがないよ」

俊夫が、姉たちの質問に笑って答える。

「そうだね……、生まれたばかりだから覚えているはずがないわね。あんたは、ここで生まれたのよ……。あんたが生まれてから、すぐに戦争で、私たちは皆で、ジャングルの中を逃げ回ったからね……。母さんは、俊一を亡くしていたから、それこそ必死で、あんたを抱いていたわ……。パラオの人たちは、公学校の先生の家族だといって、どこでも優しくしてくれたのよ……」

「さあ、手を合わせようか……」

次弟の俊治が、促すように、線香を取り出した。二人の姉が、母の手を取り、台所の階段跡の踏み石に座らせた。線香に火を点け、父の遺影を置いて、皆で手を合わせた。母も、正樹たちと同じように手を合わせた。

しかし、母の記憶は、やはり戻らなかった。正樹たちは、母を連れて泣き笑いの旅を続けながら、パラオを離れたのだった……。

6

天願キヨを連れて再びパラオへ出掛けたのは、母の一年忌が終わり、新しい年を迎えた夏の始めだった。二人の姉と俊夫夫婦、そして正樹が同行した。二人の弟は、当初から仕事の予定が組み込まれていて、また、それほど強い関心をも示さなかった。旅行日程は土、日を挟んだが、正樹は、一日だけ職場を休むことにした。

前回に利用した旅行社を通して、航空券やホテルの手配をした。今度は正樹がその世話をみた。旅行社は、当地のガイドも、前回、世話になったルビーさんへ依頼すると言った。二人の姉は再会を楽しみにしていた。義姉は初めてのパラオ行きだったが、俊夫の病が癒えるのならばと強い決意が窺われ、幾分緊張気味であった。

飛行機は、やはり暗闇の空港に降りた。ルビーさんと姉たちは、抱き合って三年ぶりの再会を喜んだ。ルビーさんの堂々とした体軀は、以前よりも逞しくなっているような気がした。長い髪を無造作に後に束ねたルビーさんは、三十歳を過ぎただろうか。姉たちが子供たちへの手みやげだと言って持ってきたプレゼントを差し出すと、顔を紅潮させて喜んだ。

ホテルまでは、やはり暗い闇の中をライトバンで駆け抜けた。何も変わっていなかった。ただ、今回は、母と二人の弟に代わって、義姉と天願キヨが乗っていた。

正樹は、ライトバンの窓を走り抜ける闇にぼんやりと目を遣りながら、飛行機の中で耳をそばだてて聞いた天願キヨの来歴を思い出した。那覇空港を離陸して間もなく、正樹の傍らに座った頼子と天願キヨは話し始めたのだ。

「私がユタになったのはね、運命なんですよ。先祖の決めたことなんです。私は、ユタになどなるもんか、と抵抗したんですがね、結局受けざるを得なかったんですよ……」

天願キヨの出身地は、屋慶名《やけな》だという。実家は部落のカミヤー（神事の中心となる家）であったが、キヨは、幼少のころから霊能力があり、家に出入りする霊や仏壇に現れる先祖の霊を何度も見た。そのことを家族に言うと、「馬鹿を言うな！」と怒鳴られ、以後、霊を見ても黙っていた。二十歳を過ぎてから、那覇市内の建築会社の事務員として働いたが病気がちであった。そのころから、さらに霊能力が活発になった。イチマブイ（生霊）やシニマブイ（死霊）を見たり、だれも予期しない出来事を予言したりした。このことを友人や知人たちに話すと、皆心配顔でキヨに言った。

「あんたは、実家に帰って、カミグトゥ（神事）をした方がよいのではないかね……」

「あんたは、サーダカマーリ（性高い生まれ）をしているのよ。ユタになった方がいいよ」

しかし、天願キヨは、友人の勧めを断り、仕事を続けた……。

「当時は悩みましたよ……。霊界とのつながりはますます強くなっていくように感じられるし、病気はいっこうに良くならない。そうかといって、カミンチュやユタにはなりたくない。一番辛い時期でしたね……」

天願キヨは、悩んだあげく、平凡な主婦になることを決意して、幼馴染みで米軍基地に勤めている同期生と結婚した。生活環境を変えれば霊能力も消えるだろう、病気も治るだろうと期待したのだ。

「でも、駄目でした。霊能力や病気はそのままだし、夫は、やがて家に帰って来なくなるし……、結婚は破綻しました。追いつめられた末に、結局ユタの道を歩むことを決意したんです……」

天願キヨは、どのような表情をして語り続けているのだろうか。正樹は、背もたれのシートを戻し、二人の話に加わりたい気もしたが、やはり黙ったままで寝た振りを続けた。乗務員から貰った群青色の毛布を肩まで引き上げ、目を閉じ続けた。

「不思議なものでね。素直に、ユタになって人のために尽くそうと決心したときから、健康もメキメキ回復したんですよ……。私のようにユタ嫌いな人がユタになった例は多いと思いますよ。ユタは志願してなれるわけではないんです。神から授けられた仕事です。世の中には不幸と呼ばれることが多いですからね……。病気、貧乏、事故、自殺……。ユタは、なくならないと思いますよ。世の中に不幸がある限りはね……」

正樹は、自分たちの場合は、どの不幸にあてはまるのだろうかと思った。チャッチウシクミという悩みは深刻には違いないのだが、どこか非現実的で、なんだか苦笑せざるを得なかった。

正樹は、自分を襲った不幸について数えあげてみた。いや、これまで、このようなことを不幸とは思っていなかった。人生においては、だれにでも訪れるものなのだ。父の死、母の呆け、兄の病気、自分の離婚、頼子の夫の事業の行き詰まり……。

やはり不幸なのかもしれない。佳奈子や娘たちが去った後、一人だけの部屋で、大きなため息をついたことも度々あった。過去を忘れることは、やはり、いけないことなのだろうか。

そんな思いに囚われているとき、飛行機はパラオ国際空港へ着陸した……。

「確か、この辺からですよ。母はだれかが乗っていると言い始めたんです……」

頼子が、ライトバンに身を揺られながら、天願キヨに言った。

ライトバンの中でも、やはり頼子が天願キヨの傍らに座った。正樹は、通路を隔てて、二人の横の座席に腰掛けた。

「そうですね、やっぱり、それは長男のマブイだったかもしれませんね。もう、たくさんのマブイが周りには来ていますよ……」

天願キヨは、うなずくようにして両手を合わせ、そーっと何事かをつぶやき始めた。前方には、相変わらず舗装のされていないコーラルの道が闇の中に続いていた。

7

天願キヨは、官舎跡ではそれほど変わった様子を見せなかったが、南洋神社の前に来ると、瞬時に緊張した。その変化が正樹にも手にとるように分かった。急に無口になり、白いハンカチを手にして額から吹き出た汗を盛んにふき取った。

南洋神社は、緩やかなカーブを描いたゆったりとした坂を登り切った所にあった。入口には、神社とは不釣り合いな、コンクリートのモダンな住宅が一軒建てられていた。それ故に、どこからが境内で、どこまでが住宅所有者の土地なのか、境界が分かりづらかった。

　南洋神社と言っても、そこには大きな神社が建っている訳ではなかった。当時の面影が残っている神社跡を、まだそのように呼んでいるだけで、幅広い石段が苔むして正面に構えてあり、その中央と最上部に小さなコンクリートの拝所が、鳥居の形をした屋根を付けて備えられているだけだった。三年前に来た時は、その中央の小さな拝所で香を焚こうとしたとき、スコールに襲われた。

　天願キヨは、まず階下で香を焚いた。長く口上を唱えながら、時々、眼に涙を浮かべ、また時々は挑むような形相でウガンをした。

　頼子が付きっきりで指図を受けていた。このウガンのために、沖縄から持ってきたウチャヌク（餅）、アレーミハナ（洗った米）、カラミハナ（米）、泡盛、線香、ウチカビ（紙銭）などを御膳に乗せた。正樹は、黙ってその背後にしゃがみ、手を合わせた。時々、俊夫が呼ばれ、ウチカビ（紙銭）を焚くように指示されては、慌てて火を点けた。

　天願キヨは、ウガミながら、御膳の上の泡盛を地面に注ぎ、盛り立てた米粒を撒き、香を何度かに分けて焚いた。香の匂いが辺り一面に立ち込めた。小さなビニールのシートを敷き、茣蓙《ござ》を敷いたその上に座って、ひたすら祈り続けた。長い祈りだった。半時間ほどは、ゆうに費やされただろう。

天願キヨは、二段目の小さな鳥居の前に移動し、そこで再びウガンを続けた。座り直す際に、だれにともなく、しかし、しっかりとした口調でつぶやいた。

「ヌジファのウガンはね、死んだ人にとっては、とても大切なウガンだよ。生きている人間が役所でする移動手続きと同じようなものでね。これが済まないと、何年経っても神から霊界へ移動したことが認められないんだよ。そのためにね、まず今までマブイがいた場所でウガンをして、どこそこへ移動しますので、マブイもここから抜き取らせてください、この線香に乗り移ってくださいとウガンをするわけさ。マブイが乗り移ったらね、線香の火を途中で消しておくさ。そして、今まで祀ってくれた土地の神仏に感謝のウガンをする。それが済んだら、次に新しく祀る場所に行って、マブイの移動の報告をするわけさ。そこではね、まず最初に、途中で火を消していた線香を立てて火を点け、墓の前で結びのウガンをして、マブイを安置する。それから、新しく移り住む土地のウタキ（御嶽）に報告をする。これで、すべて終わりというわけさ」

沖縄に戻れば、すぐに郷里の墓地へ俊一のマブイを連れていかなければならないことになる。そのウガンも天願キヨの力を借りなければならないだろう……。

天願キヨの背後から、高く聳えた数本のヤシの樹が見えた。身を引き裂いた大きなヤシの葉は、上空の風を受けてざわざわと揺れている。

「さあ、これで、ここでのウガンは終わりましたよ。チャクシ（長男）のマブイを連れて帰ることが出来ますよ」

天願キヨは、俊夫の肩を借りながら立ち上がると、最後にもう一度手を合わせて言った。

「他のマブイに邪魔されてね、困ったさ。それで、ウガンが長くかかったんだよ……。ここにはね、一緒に連れていってもらいたがっているマブイがたくさんいるよ。みんな、成仏出来ないでいる。可哀想に、みんな沖縄に帰りたがっているよ。ヤマトンチュもたくさんいる。ヤマトンチュは、ヤマトゥに帰りたがっているよ。兵隊さんや、病気で死んだ人たち、何かの不都合があって、郷里に帰れなかったマブイが、ここに集まってきているさ……。戦争で死んだ人たちのマブイさ。みんな連れて帰りたいね……」

天願キヨは、ゆっくりと歩き出した。少し疲れたような暗い顔をしている。美登子が、頭の上に日除けの傘を開いて陰を作ったせいだろうか……。

それにしても、戦後五十年、今なお郷里に帰れずに、もがいているマブイがたくさんい

ると は知らなかった。天願キヨが言うように、私たちは、死者を粗末にしてきたのだろうか……。

天願キヨは、歩きながら羽織っている藍色の着物を脱いで手に持った。そのとき、白い絣模様が強い日差しを受け、突然浮き上がって白いハベル（蝶）になり、飛び立ったようにも見えた。

8

ユタの力を借りれば、あるいは妻の佳奈子とは別れずに済んだのだろうか。死んだ俊一は、チャッチウシクミのことを皆に気づかせるために俊夫の病をつくり、それでも気づかずにいる皆へ、今度は正樹の離婚という方法で反省を促したのだろうか……。

正樹は、必死に祈る天願キヨの姿を見ながら、ぼんやりとそんなことを妄想していた。あるいは佳奈子とのことでは、これほど強い力で祈ったことは、一度もなかったかもしれない。

二人の娘を佳奈子に預けて離婚することにしたと、兄や姉に話すと、皆が正樹の決意をいぶかった。正樹は、高校の国語教師をしていた。佳奈子は、市立の病院で医療事務の仕事をしていた。何の不自由もない暮らしが続いていた。皆は、そう思っていた。離婚の理由が分からないと……。しかし、何かが急に崩れたのだ。

「あなたは、私を一度も見てくれない……」

佳奈子のその言葉が、発端だった。あとは、堰が切れたように語り出していたのは正樹の方だった。結婚して十年余、正樹と佳奈子の心の中に芽生えていたものは何だったのだろうか。それは、修復することの出来ないものだったのだろうか。もう、はっきりと思い出すことさえ出来ない……。

「ミートゥンダヤ、カーミヌチビ一つ《ティーチ》（夫婦はあの世までも一緒）と言われているけれどね、夫婦の仲は、私には分からないさ。私も結婚に失敗したからね……」

天願キヨは、正樹が離婚をしたことを知って、微笑を浮かべながら、困ったような顔をして正樹を見た。

「ミートゥンダの仲を、また元に戻してくれといって、私のところにハンジにくる人は少ないよ。私のところには、いつの間にかヌジファとか、マブイワカシとか、位牌のウガミで相談をしに来る人が多くなっているさ。私が離婚したことが皆に知れ渡っているからなのかね。夫婦問題のハンジは、私も得意ではないけれどね」

天願キヨが、大きな声で笑いながら正樹を慰めるように言った。

美登子が、この機会を逃してはいけないというように、どこか教師口調で尋ねる。

「弟はですね。皆が別れては駄目だよ。気が利く嫁さんじゃないのと言ったのに、別れてしまったんですよ。きっと後悔しているんじゃないかと思うんですけどね。元に戻りませんか。天願さんのウガンで……」

確かに、別れた原因は正樹の側にあった。問いつめられてもいないのに、ふと漏らした一人の女性への思いが、いつの間にか佳奈子との間で極限での選択を迫られるほどの問題に発展していた。

佳奈子は、一人でその女性と会い、女性の思いを確かめる行動を取っていた。予想を超える展開が二人を追いつめた。正樹と佳奈子が離婚することを話すと、二人の娘は大声で泣き出した。もう、戻れなかった。戻れない言葉を互いに吐いていた。

二人の娘を佳奈子が育てることで、離婚が成立すると、正樹は家を出てアパート住まいを始めた。相手の女性への思いは、急激に冷めていった。正樹の離婚が成立したことで、その女性も、夫や子供を捨てて正樹のもとに来たいと言った。正樹は、その思いを頑なに断った。

　アパートでの一人住まいは、決して楽なものではなかったが、いつまでも寝そべって本が読めたし、好きなことが自由に出来た。

　職場の同僚は、何となく奇異な目で正樹を見ていたが、それもしばらくの間だけだった。ちょうどそのころから始めた親しい友人同士での読書会のサークルが、正樹にとって格好の憩いの場になった。

　学生のころから抱いていた詩や文学に対する夢もあった。あるいは、儚い幻のような夢を拠り所に、ここまで生きてきたと言っていい。

「義母《かあ》さんは、とても私を可愛がってくれたのよ。懐かしいわ……。私の人生に悔いが残るとすれば、義母《かあ》さんの世話をしてあげられなかったことね……」

　母の葬儀への参列の礼を述べるために、佳奈子を呼びだして食事に誘ったときの佳奈子の言葉だ。父の死の際には、それこそ献身的に看病をしてくれた。母の呆けが始まったのは、ちょうど正樹が佳奈子と別れたころだったから、或いは体面を重んじる母にとって正樹の離婚は、とても辛い出来事の一つになっていたかもしれない……。

「ヌジファって、私も聞いたことがあるわ。たしか、亡くなった伯父の十三年忌の法事で、そんな話が出ていた。でも、だれのヌジファをするの？　私たちと関係があるの？」

　正樹が、ヌジファをしに、パラオに行くことになるかもしれないと言ったとき、佳奈子は興味深そうに正樹に尋ねた。事の顚末を話す正樹の言葉に、強い興味を示した。

　佳奈子は、幼いころに父を亡くしていた。佳奈子の父は沖縄本島摩文仁《まぶに》の戦場で、数人の戦友たちと一緒に米軍に追いつめられ、ガマ（洞穴）で瀕死の重傷を負う。その傷を背負ったままで、戦後まもなく佳奈子を得、そして他界した。

　佳奈子には、一人の姉がいる。父の死後は、その姉と母娘三人で、手を取り合い、励まし合って生きてきた。佳奈子は、そんな境遇にもめげることなく努力を重ね、大学に合格し奨学資金を貰いながら卒業したのだ。

　正樹の両親は、正樹が佳奈子と結婚したいと言ったとき、そんな佳奈子の努力を賞賛した。むしろ、佳奈子との結婚を積極的に推し進めてくれた。佳奈子も、父を慕い、母を愛し、思いやりを込めて接してくれていた。

　正樹が、一度目のパラオ行きでの母の呆けぶりを話したとき、佳奈子は、笑顔を見せながらも正樹の前で涙をふいた。そのとき、正樹は佳奈子の手の甲に、小さなシミのような老斑を見つけて、慌てて目を逸らした。あっという間に歳月は過ぎていくのだ……。

「やっぱり、私は、男と女のことよりは、あの世のことをハンジするのが一番いいさ。あの世のことを見ると、この世のことも分かるからね。夫婦問題は、苦手さ」

天願キヨが、思い出したように再び笑顔を作って正樹を見た。正樹も、思わず微笑を返した。

ヌジファを済ませて昼食を取ったレストランで、赤く茹《ゆ》でられた巨大なヤシガニを見て、天願キヨは大げさに驚いた。正樹はそんな姿を見て、いつしか天願キヨに対するわだかまりが、少しずつ消えていくのを感じていた。

9

アイミリーキという村が、姉たちが身を潜めた村だった。戦争が激しくなり、コロールの公学校が閉鎖された後、その村に家族皆が身を隠すようにして移り住んだのだ。前回訪ねたときは、そこへの道路が、スコールの後で水没しており、渡れなかった。その心残りの村を訪ねるのも、今回の目的の一つだった。

ヌジファが終わって、一段落ついたところで、その村を訪ねることにした。当初は、天願キヨも一緒に行くという予定であったが、ホテルに戻って休みたいと言う。義姉をホテルに残し、気にしながらも予定通り出掛けることにした。

アイミリーキまでは、宿泊しているホテルから約二時間ほどの行程である。赤い土が剝き出しになった山道を、白いライトバンに揺られながら進んだ。雨水で亀裂の入った道にタイヤを取られながら、時には鬱蒼とした森の中を、また時には明るい日差しの中を、ライトバンは跳ねるように進み続けた。しばらくすると、目前に広大な海が広がった。すぐこの先に、アイミリーキの村があると、ルビーさんは教えてくれた。

再び林の中へ入ったかと思うと、すぐに椰子や、背の低い雑草が生い茂る海浜沿いの道に出た。椰子の樹の下には、数軒の三角屋根の家が見えた。そこがアイミリーキ村だった。数名の子供たちが、大声ではしゃぎながら海水浴をしていた。

村の両端からは、湾をぐるりと取り巻くように沖合までマングローブの林が続いていた。二人の姉は、官舎跡を見つけたときとは勝手が違うのか、住んでいた場所を特定することは、なかなか出来なかった。

「確かにこの村なのよ……。父さんは、このマングローブの林の中から、カヌーに乗り、軍服を着て出征していったの。私たちは、泣きながらずっとこの海岸沿いに、父さんの乗ったカヌーを追いかけたのよ。それがこの場所なのよ。間違いないと思うけれど……」

頼子の説明も、いつもと違ってどうも歯切れが悪かった。

マングローブの樹は、浅瀬に密集して生えており、波が根元まで覆い、ゆっくりと寄せ返していた。海面や砂浜には、いくつもの樹の影が映っている。

父は、コロールのジャングルで終戦を迎えた。しかし、沖に浮かぶペリリュー島の守備隊は全滅した。わずかな運命の悪戯で生死が左右されたのだ。父が戦死していれば、当然、正樹はこの地に立つことは出来なかった。

ペリリュー島の海浜は、オレンジビーチと名前がついていた。上陸を試みた米兵と、日本の守備隊との間で繰り広げられた激しい戦闘のために、海浜が数日間も血に染まったことから名付けられたものだという。

沖縄からは、毎年のように墓参団が結成されて、パラオの地を訪れていた。沖縄の人たちは、泳ぎが得意だということで、多くの人々が、粗末な魚雷艇に乗り、艇を抱きかかえるようにして敵艦に突っ込んでいったという。

「父が出征した後、母さんは、生まれたばかりの俊夫を抱いて泣いてばかりいてね、何もしなかったわ。私が、炊事をしたり、食糧を集めたりしたのよ。村の人たちは、皆親切でね、魚を捕ってきては、公学校のセンセイの奥さん、お嬢さん、どうぞ食べてください。戦争、必ず終わるよ。元気出してね、って言ってくれたのよ……。ルビーさん、あんたたちは、私たちの命の恩人なのよ」

頼子は、またルビーさんと抱き合って涙を流している。頼子は、父の後を継いで教師になったが、途中、退職をして結婚した。結婚相手は手広く建築業を行っている若い実業家だったが、病で倒れ、手元には莫大な借金が残り、これまで築いてきた財産を一気に手放した。今では、友人と二人で小さな居酒屋をスタートさせ、細々と生活している。

「父さんはね、私と美登子を、桟橋から何度も海に放り投げたわ。引き揚げ船が、万一、米軍の魚雷にでも当たったら、泳げるようになっていた方が命が助かる確率が大きい。何かに、何時間か捕まることが出来るだけでもいいと言ってね。泳ぎを教えたのよ。子供心にも、父さんの必死さが伝わってきたわ……。でも、結局、戦争中に、引き揚げ船に乗ることは出来なかったけれどね」

「でも、そのおかげで、私たちは泳げるようになったじゃない。姉ちゃんなんか、沖縄に帰ったら、水泳の花形選手になったしね。でも、本当に、あのときの父さんは恐かったね。鬼だと思ったよ……」

頼子が、傍らで相づちを打ちながら、笑顔をつくる。

「美登子は、いつもミットー、ミットーと自分を呼んでね。何もしなかったのよ。泣き虫でね。私の後ばっかり追っかけていた……」

「そうね、姉ちゃんは、いつでも私の自慢だった。今でもね……」

美登子は、長く勤めた小学校の教職を間もなく退く。二人の息子を授かり、息子は二人とも成人して本土で就職をしている。夫は、すでに数年前に退職し、老いた姑との三人暮らしだ。

正樹は、水浴びをしている子供たちに近寄って声をかけた。

「こんにちは……、楽しいか？」

当然、子供たちには言葉が分かるはずがない。それでも、正樹は意地になって声を掛ける。何だか、そうしなければいけないような気持ちになっていた。

子供たちは、やがて正樹に向かって笑顔を見せ、親指を突き立てて見せた。正樹も、それを真似て親指を突き立てた。子供たちは、正樹の仕種に歓声を上げて笑った。そして、得意そうに声を上げ、手を叩いて正樹の視線を集めると、何度も勢いよく海に飛び込んだ。

10

翌朝、ホテル前で、空港まで送ってくれるルビーさんのライトバンを待っていると、小さなスコールがやって来た。ザーッと海面を叩いて、スコールは走り去った。

ホテルのベランダは、海面上に突き出ており、眼下には熱帯魚が間近に見えた。海水は澄んでいて、海面も凪いでいる。時折、モーターボートが音立てて海面を走ると、波がたぷたぷと波動を作ってベランダの橋桁まで打ち寄せた。ホテルを囲んだ護岸の表面を、黄色い花をつけたノギクが喫水線まで覆っている。

ルビーさんは、華やかな黄色地に赤い花柄模様のアロハシャツと水色のパンツルックで現れた。そんな明るい服装をしているルビーさんを見るのは初めてだった。

「素敵だ」

「ファッション雑誌のモデルみたい」

皆で冷やかしながら褒めると、ルビーさんも明るい笑顔を見せ、おどけながら日本語で答えた。

「トコナッツの国、パラオは、イカガでしたか？」

ルビーさんは、両手を踊るように前に出し、にっと白い歯を見せた。その時、初めてルビーさんの奥歯が欠けていることが分かった。それを見て、また、頼子とルビーさんが肩を叩きながら、大声で笑った。頼子は自分の奥歯も欠けていることをルビーさんに示して、はしゃぐような声を出していた。

飛行場へ向かう途中、もう一度、官舎跡を見たいという頼子の申し出に、だれも異存はなかった。たぶん、もう二度とパラオを訪れることはないだろう。しかし、官舎跡に着くと、頼子は降りようとはしなかった。ただ、黙ってライトバンの中から、その方角をじっと見つめているだけだった。せっかくだからと車を降りたのは、正樹と俊夫の二人だけだった。どこから現れたのか、鶏が二羽、地面を脚で蹴散らしながら餌を啄《ついば》んでいた。正樹は、苔むした小さな石を拾って、そっとポケットに入れた。

それから、日本人墓地を訪れた。小高い丘にある墓地からは、遠方にパラオを取り巻く大きな青い海が見渡せた。海上には、ぽつりぽつりと、小さな島々が横たわっている。

正樹たちが、ライトバンに戻ると、天願キヨが、椅子に座ったままでつぶやいた。

「沖縄のユタを総動員して、皆でヌジファをしに来ないといけないかもね……」

天願キヨは、車の中から窓の外の景色を放心したように眺めていた。もう、ライトバンを降りようとはしなかった。ホテルから、ずーっと同じ位置に座ったまま、身じろぎもしなかった。

空港の待合室では、ルビーさんと姉たちが再び抱き合って別れを惜しんだ。ルビーさんは、プレゼントにと、皆に「宝貝」を持ってきてくれていた。

正樹は、土産品店で、小さな真珠のネックレスと、パラオのネーム入りのTシャツを二枚買った。佳奈子と二人の娘へのプレゼントにしようと思った。そんな気分になったのは久し振りのことだ。

佳奈子と二人の娘の笑顔も浮かんできた。子供たちが幼かったころ、海水浴や動物園などへ出掛けては、皆で芝生に座り、ピクニック気分で佳奈子の手作りの弁当を食べた。下の娘がミカンの皮まで口に入れ、顔をしかめたのを見て、二人して声を上げて笑ったものだ……。

このパラオの地で、あるいは自分こそが、ヌジファが必要ではなかったのか……。正樹はそんな思いに駆られながら苦笑し、もう一度、お土産の品々を数え直した。

飛行機は、空港を飛び立った後、パラオに別れを告げるかのように大きく右へ旋回をした。眼下に白い砂浜と、椰子の茂った入り江が幾つも見えた。その一つが、アイミリーキ村だろう。父が、戦争中、入院していた野戦病院があったというジャングルの中の朝日村を訪ねることは出来なかったが、もう二度と来ることはないだろう。

ふと、パラオの街路樹として頻繁に見られたプルメリアの樹が、父の生前の庭に植えられ、大切に育てられていたことに気づいた。花の色が違っていたので、これまで気づかなかったが、同じ樹だ。父は、思い出の樹を庭に植えていたのだろうか。ふと、そんな思いが浮かんできて、正樹は目頭を熱くした。その樹は、今、父の形見として、正樹の庭に移し替えられている。

「マブイは、ついてきたんでしょうね……」

通路を隔てて隣の席で言葉を交わしている俊夫夫婦の話し声が、かすかに聞こえてきた。

「さあね……。ついてきていると信じるだけさ……」

俊夫が、振り返って天願キヨを見た。正樹も同じように振り返った。天願キヨは、頼子と一緒に目を閉じ、互いに肩を寄せ合って寝入っている。

「ねえ、謝礼はどのくらい出せばいいんだろうね。姉さんたちと相談して、このくらいだと思っているんだけど……、いいかしら……」

義姉は、俊夫の前で声を潜め、両手の指を十本広げて見せた。その手が、二度振られたようにも見えた。あるいは三度だったのか、それとも一度だったのか……。

「それでいいだろう。それで俺の身体の調子がよくなれば安いもんだよ」

俊夫が、苦笑したような表情を浮かべてうなずいた。一瞬、俊夫の表情が、生前の父の表情に重なって見えた。正樹は、その驚きを振り払うように目を窓の外へ向けた。

正樹は、ライトバンの中での天願キヨの言葉を思い出していた。天願キヨの言葉は、やはり、天願キヨ自身に向けられたものではなく、正樹たちへ向けられたものではなかったか。しかし、そうだとしたら、なおさら正樹にどのような言葉が返せたのだろう。なにがしかの言葉を返せなかった自分を悔やんだが、どのような言葉も、返せなかったのではないか……。

「沖縄のユタを総動員して、皆でヌジファをしに来ないといけないかもね……」

正樹は、天願キヨの言葉を反芻しながら、見えなくなった島を見ようとして、再び窓辺へ躙《にじ》り寄った。

天願キヨは、まだ目を閉じたままだった。窓の外からは、もうパラオの島は、どこにも見えなかった。

第三話

サナカ・カサナ・サカナ

1

紀和子《きわこ》が、ジョージと結婚したいと言ったときは、さすがに我慢が出来なかった。娘に手を出すことなど滅多にない徹雄《てつお》が、紀和子の言葉を聞き終わらぬうちに頰を叩いていた。

「馬鹿たれが……、何を言うか……」

徹雄は、それでも怒りが収まらず、今度は足で紀和子の尻を何度か蹴った。

「駄目だぞ！　絶対、駄目だ。父さんは、許さないぞ！」

それだけ言うのが、精一杯だった。あとは、怒りで声が震えた。怒りは、徹雄から冷静さを一気に奪っていた。

紀和子は、徹雄の一人娘である。米兵と付き合っていることは、徹雄も、うすうす感じていた。それを強く注意したこともある。しかし、まさか、こんなに早く結婚話が持ち上がるとは思わなかった。紀和子が家を離れてアパート暮らしをしているとはいえ、それを阻止することが出来なかった自分が歯がゆかった。半分近くは、そんな自分自身へ対する怒りでもあった。

紀和子は、眉を覆い隠すように垂らしている前髪の下から、じーっと徹雄の顔を見つめていた。歯を食いしばって涙をこらえているが、目は赤く潤んでいる。瞳の奥から放たれる光は、恨めしげに徹雄を見上げているようにも思われる。

徹雄も紀和子を睨《にら》み返す。両端を吊り上げるように剃った眉が見える。そんな眉を見るのは初めてだ。なんだか紀和子の顔が変わっている。自分の娘でないような錯覚に陥る。幼いころ、膝の上に座らせて抱き、甘えさせた紀和子ではない。剃り跡の生々しい紀和子の眉に、若い女性の生理なようなものを感じて、さらに嫌悪感に陥った。

「お前は、まだ大学生だろうが……。もっと、他にやることがあるだろうが……。なんのために、父さんや母さんは苦労をしてきたと思うか。お前を、米兵と結婚させるために大学にやったんじゃないぞ。そのために育ててきたんじゃないぞ。よりによって米兵と結婚するなんて……」

徹雄は、話しながら怒りを鎮めようと思った。だが、次々と愚痴が出てきて止まりそうもない。話すことで、さらに怒りが増してくる。

紀和子は、相変わらず黙り続けている。徹雄の心に、どうしようもないやりきれなさがこみ上げてくる。父親を殺した戦争。叔父が戦死し、弟の徹治《てつじ》が死んだ戦争。その後、居座り続ける米軍。今、また米軍の兵士に娘が奪われる。こんな理不尽なことがあっていいものか……。徹雄は、大きなため息をついた。

徹雄の脳裏に、紀和子が米兵と結婚した際の行く末が描かれる。紀和子は、たぶん沖縄を離れていくだろう。英語なんか話せない自分と紀和子家族との交流は、きっと途絶えるだろう。自分の位牌や両親の位牌は、だれが相続するのだろうか。

紀和子が米国に渡って苦労している姿も浮かぶ。生活習慣や宗教の問題、米兵の人柄、赤毛の大男に愛撫されている紀和子……。考えるだけで嫌になる。

徹雄の父親である徹次郎が、沖縄戦で戦死したのは徹雄が十歳のときだった。それ以来、徹雄は、母親のマツと末弟の徹三《てつぞう》と共に、力を合わせて貧乏に耐え、寂しさに耐えて頑張ってきた。わずかばかりの土地を耕し、野菜を植え、芋を植えた。親戚の土地を借り受けて樹を切り倒し、開墾して畑を作った。

夫を喪い、三十歳を過ぎてすぐに寡婦になった母親のマツは、朝早く起きて大豆を挽き豆腐も作った。徹雄も、一所懸命手伝った。それでも、現金は、ほとんど手元に残らなかった。

　徹雄は、父親のいない不遇を嘆いた。涙をこぼし、父親を奪った戦争を憎んだ。母親のマツは、数年で皺だらけの黒い小さな丸い顔になった。それでも、腰を折るようにして働き続けた。徹雄は、そんな母親の苦労を見て育った。何もかも父親を奪った戦争が原因になっているように思われた。

　戦後、沖縄に居座り続けた米軍に対しても好感は持てなかった。米軍を解放軍だという人々もいたが、徹雄にはそのようには思われなかった。むしろ憎み続けていた。

　徹雄の住んでいるG村は、米軍の基地・キャンプハンセンのある金武《きん》町と、キャンプシュワーブのある辺野古《へのこ》の中間に位置していた。駐留する米軍兵士たちの傍若無人な振る舞いによって沖縄の人々の命が奪われたという報道に接するたびに戦争を思い出した。若い婦女子が犯されたという報道には、さらに憎しみの感情を抱かざるを得なかった。基地あるが故に、悲劇は途絶えることがないのだ。そんな米軍基地の兵士と紀和子が結婚するなんて……。考えるだけでも不愉快だ。

「もう、いいよ……。お前の顔なんか見たくもない。父さんは、お前の育て方を、間違ったんだ。我が儘をさせ過ぎたんだな、きっと……。本当に、情けないよ……」

徹雄は、なんだか本当に情けなかった。

紀和子は、徹雄が激するように話し始めてからは、一言も発しない。妻の邦子《くにこ》も傍らの椅子に座り込んで、じっとしたままだ。だれもテーブルの上にある茶を飲もうとはしない。

「とにかく、父さんは、アメリカ兵との結婚には反対だからな。どうしても結婚したいのなら、親を捨てるんだな。父さんもそのときは、覚悟を決める。お前を娘とは思わないよ……。母さんも、そのつもりでいてくれよ……」

徹雄は、邦子に向かって語気を強めて言い放つ。それだけ言うと、初めて茶碗に手を伸ばした。

邦子が、ため息をつきながら顔を上げ、徹雄の表情を窺いながら小声でつぶやく。

「何もそこまで言わなくても……」

「黙っていろ！　母さんが甘やかし過ぎるから、娘は、こんな風に、ふしだらに育ってしまうんだ！」

「父さん……」

紀和子の口から悲鳴のような声が漏れた。

「もういい、あっちへ行け！　お前の顔なんか、見たくもない！」

徹雄は、間髪を入れずに紀和子の言葉を、手で遮るようにはねつけた。そして、再び大声で怒鳴りつけた。

「兵隊と別れるまでは、二度と家へ来るな！」

徹雄は、怒りを鎮めるように煙草に火を点けて、深く煙を吸い込んだ。それから立ち上がり、仏壇に備え付けてある位牌の前に行き、香を立て、両手を合わせた。なぜそうしたのか、徹雄にも理由は分からなかった。しかし、なぜだか、そうしたかった。死んだ両親も、弟も、きっと紀和子の結婚には反対すると思った……。

2

去る大戦における米軍の沖縄本島への上陸は、一九四五年四月一日だった。その日を境に、あっという間に沖縄本島は米軍に制圧された。徹雄の住むG村にも、上陸からおよそ一月後には、戦車を前面に押し出した米軍が、威嚇するように進行してきた。

もちろん、戦火を交える日本軍はいなかった。小さな村の守護などに気を配っている余裕などなかったのだろう。あるいは、もっと正確に言えば、すでに日本軍は壊滅状態で、組織的な戦いが出来る状態ではなかった。鬼畜米英と教えられ、婦女子は捕まったら強姦されると教わった村人たちは、村を捨て、山中へ逃げる以外になかった。

村人たちは、進軍してくる米軍の戦車や兵士たちを、島を見下ろす背後の山の繁みから、息を潜めて眺めていたのだ。

次弟の徹治が、避難した山中で、風邪をこじらせて死んだ。徹治は七歳になっていた。数週間の山中での生活が続き、食べ物にも困り、体力の衰えた身体で何日も降り続いた雨に濡れたのがいけなかった。数日間も発熱し、とうとう回復することが出来なかった。徹治は、うわごとを言い、身体を振るわせながら、ガマ（洞穴）の中に敷いた草木の枝の上で死んでいった。

「アイエナー、徹治よ。ごめんね、ごめんね……」

母のマツは、息絶えた徹治の身体を抱えながら何時間も何時間も泣き続けた。

「徹雄、徹三……。二人とも、こっちにおいで。ほれ徹治にさわってごらん。ほれ、だんだんと冷たくなっていくよ。どうしようかね、どうしようかね……」

母に呼び寄せられた徹雄と徹三は、徹治の顔に手を当てた。徹治の身体には、すでに体温がなかった。ぞっとするような冷たさだった。

徹雄は、これが、死というものなのかと思った。手のひらには、川原の冷たい石に触れたような感触が残った。村人たちが見守るなか、徹雄は声を上げて泣いた。

「兄《ニ》ィニィ……」

徹三も、傍らで声を上げて泣き出した。徹三は四歳、そして徹雄は十歳になっていた。三人は、どこへ行くにも一緒だった。幼い徹三が、危うい足運びで、二人の兄たちの後をよちよちと歩き回る姿は、一時期、村人の話題に上ったほどだ。

だが、村人たちの涙を誘ったのは他にも理由があった。三人の父、徹次郎の戦死の報が、マツの手元に届いていたからだ。徹次郎は、幼い子供たちとマツを残して死んだ。その死を追いかけるようにして、今またマツを襲った悲劇だった。

徹次郎が死んだのは、出征してから二年余が過ぎていた。村では、第一回目の徴兵検査で甲種合格となり、すぐに召兵された。最も早い時期での出征だった。数回、元気でいると無事を知らせ、家族を気遣う便りが届いた。不器用な文字で簡単な文言だったが、マツは嬉しかった。もちろん、任地は、いつも明かされなかった。そして、半年ほど前から、手紙はぷつりと途絶えていたのだ。

村人たちは、マツを慰めながら、一方で徹次郎の戦死地は、県内のどこかであろうと噂しあった。マツも、そうに違いないと思った。いや、そのように思いたかった。満州や、南洋の戦線も頭に浮かんだが、慌てて打ち消した。

マツは、徹次郎の死を覚悟していたのか、戦死地を尋ねることも潔く諦めていた。幼い徹雄は、徹次郎の死を受けいれるマツの健気な対応を、信じられない思いで眺めていた。マツは村人の前で、一滴の涙も見せることはなかった。父の死を悲しくないのだろうかと、疑ったほどだ。

そんなマツが、徹治の死に際しては、慟哭するように泣き崩れた。

「マツさん……。ほれ、徹次郎が迎えに来てくれたんだよ。お父のところに徹治も逝くんだ。笑イカンティ、送ってやらんと……」

「うん、うん……」

村人の言葉に、マツは、涙をぬぐいながら、うなずいた。

しかし、村人たちが、徹治の遺体を棺に収めようとしたしたとき、再びマツは髪を振り乱して、徹治の遺体に取りすがり、大声を上げて泣き出した。まるで、気が狂ったようだった。

「お母、お母……」

徹雄もただならぬマツの様子に気がついて、必死に背後からマツの背中を抱きかかえた。村人が、マツの腕から奪うようにして徹治の遺体を運んでいった。マツは、しばらく死んだように伏せたまま動かなかった。徹雄は、徹治に続いて母親のマツも、本当に死んだと思った。

徹雄は、戦争のことを思うと、いつもこのときの恐怖が蘇ってくる。

しばらくして、マツは村人に揺り起こされ、抱きかかえられるようにして立ち上がった。励まされながら、徹治の葬儀の隊列を追った。マツは、それでも村人が抱える腕の隙間から悲しみを口走った。

「お父も、戦争に取られて死んでしまうし、徹治も死んでしまった……。徹雄、徹三……、あんたたちも、いつの日か、戦争に取られる日がやって来るのかね。私は、女の子を生めばよかったのかね……。もうこんな悲しい思いは、たくさんだよ。お父のところに私も逝きたいよ……。お父、なんで死んだんだよ。私も連れていって。徹治、お母も一緒に連れていって。死にたいよ……」

村人たちは、そんなふうに口走るマツを激しく叱責していた。残っている子供たちのために頑張るようにと、強く励ましていた。

でも、徹雄には、なんだか村人たちの励ましの言葉は、マツの悲しみの前には、とてつもなく軽い言葉のようにも思われた。言葉は、悲しみの前には何の役にも立たないような気がした。

やがて、マツは気を取り直すように村人の言葉にうなずき始め、寡黙になった。時折、徹雄を見て、目から涙をぽろぽろとこぼすだけになった。そんなマツを見ながら、徹雄は、なんだかマツの悲しみから自分も遠い場所にいるような気がした。初めて味わう大きな寂しさだった。

しかし、マツはこの日を境に、まるで別人になったように、その後は涙を見せなかった。どのような激しい慟哭でさえ、すべての悲しみを洗い流すには無力であることを悟ったのかもしれない。

徹雄は、戦争のことを思い出すたびに、この日のマツの姿を思い出す。そして、マツと自分との間に出来た遠い距離の前で、一瞬襲ってきた大きな寂しさを思い出すのだ……。

3

父の徹次郎は、三十二歳のときに出征した。唯一、村で漁師をしていた。

父は、少し酔っていたようにも思う。寡黙な父が、いつになく話し出したのは、もう翌日には出征する日を迎えるという晩だった。父が捕ってきた魚を、皿一杯に盛りつけた夕食を食べた後、父はゆっくりと話し出した。

「徹雄、いいか、お前が長男だからな。お父がいない間は、お母を守って、徹治や徹三の面倒も、しっかりと見てやるんだぞ。お父に万一のことがあれば、お前がこの家を継いでいくんだ……。しっかり頼んだぞ」

父は、それだけ言うと、また黙ったまま酒を飲んだ。

しかし、徹雄にはなんとなく父の決意や、寂しさが分かるような気がした。あるいは、この晩が、父との永遠の別れの晩になるかもしれないという不安にも襲われた。

母のマツは、朝からそわそわと忙しそうに立ち居振る舞っていた。その姿に、徹雄は、なんとなく悲しそうな気配をも感じていた。

母は、朝から野菜畑や芋畑を何度も往復した。そして、村の小さな共同売店へも何度か立ち寄っては日用雑貨や食料品を購入した。往来で出会った村人にも、いつもより丁寧に頭を下げ話し込んでいるようにも思われた。

徹雄は、その姿を、父の出征の準備と、家族での最後の晩餐を行うための準備だと直感した。そして、そのとおりになった。

「徹治や、徹三もいいか。しっかり頼んだぞ！」

「うん！　マカチョーケー」

徹治が、大きな声でそう答えたのだった。その徹治が、父に続いて、すぐに死んだ。

父は、四人の男兄弟の次男だった。長兄と末弟は村に残っていたが、次弟は南洋テニヤン島に出稼ぎに行っていた。もっとも父が出征してから間もなく、末弟にも召集令状がきた。長兄は、戦後、復帰の年に病死、次弟はテニヤンで応召され戦死した。

父たちの家系は、明治時代の半ばごろG村に移り住んだ寄留民であった。当初、この村にまったく土地を持っていなかった。村人の土地を借りて耕し、代々小作人のような生活を続けていた。それゆえに、どの時代も、またどの家族も貧しかった。父は、耕したくても耕す土地のない生活に嫌気がさして、漁師になったと聞いている。

徹雄にとって、父の記憶は、暑い日差しを浴びながら、サバニ（小舟）の上で仁王立ちしている逞しい姿だ。父は、よく徹雄を連れて漁に出掛けた。父と一緒にサバニの上で毛布にくるまって夜を明かしたこともある。

夜中の黒い海が、ホタルイカの群れで一斉に光り出したり、昼中に海面を泳ぐシジャーの群れに出会って、それこそ手で掬うように次々と釣り上げたこともある。魔法のような出来事が次々と起こるのが海の生活だった。

「徹雄！　お前は、お父に負けないウミンチュになれるぞ」

徹次郎は、顔をほころばせ、笑顔を見せながら、いつもからかうように徹雄に言った。

「でも……、ウミンチュには、なるなよ。学問を積め。これからは学問の世の中だ。お父たちは、海のことは知っているが、世の中のことは知らない。学問を積んで世の中のことを知らないと、貧乏から抜け出せないぞ」

それがお父の口癖だった。実際、徹雄もウミンチュになる気は毛頭なかった。学問は苦手だったが、なんだか、もっと広い世界へ出てみたいような気がしていた。水平線の向こうに大きな町があって徹雄を呼んでいるような気がした。

もちろん、徹雄は父と一緒に漁に出るのは大好きだった。特に船上から、顔がすっぽり入るほどの大きな丸い浮きメガネを使って、海底を覗き見るのが大好きだった。色とりどりの珊瑚礁、色とりどりの熱帯魚……。時には、大きなエイやサメ、そして海亀などの泳いでいる姿を見つけては大声を上げて父を呼び寄せた。

「海は、いいだろう。いくらでも珍しい生き物がいる。それを捕まえて生活の糧にする。でもな、それだけに、甘く考えると危険だぞ。みんな生きているからな。生き物は、殺されそうになったら必死に抵抗する。生きようとするんだ……」

父は何を言いたかったのだろう。あるいは、そのようなことが、ウミンチュになるな、という理由だったのだろうか……。

父は、出征する前に、愛蔵のサバニを陸に揚げた。村人たちに頼んで自宅の庭に運び入れ、舟底をひっくり返して、天に向けて置いた。

「徹雄……、一日一回、サバニに水を飲ませてやれ！　頼んだぞ」

父の言いつけを守ることが出来たのは、半年程だった。間もなくサバニは軍に徴用され、庭から消えた。

4

「ゴメンクダサイ」

たしか、そういう声だった。

「シツレイシマス」

たどたどしいその声を聞いて、徹雄は声を荒げた。

「駄目だ！　入ってはいかんぞ！」

一瞬、凍り付いたような気配が、玄関先で起こった。紀和子が恋人のジョージを連れてやってきたのだ。

徹雄の大声に、妻の邦子が驚いて台所から飛んできた。

「お父さん、そんなに怒らないでも……」

邦子は、慌てて徹雄の言葉を遮ったが、徹雄の剣幕に押され、それだけ言ったきり、玄関口の畳の間で座り込んだ。

「駄目だ！　駄目だと言ったら、駄目だ！　紀和子、アメリカ兵と別れるまでは、家に来るなと言ったのに分からんのか。一歩でも敷居をまたいだら、即刻、親子の縁を切るからな！」

徹雄は、大声を張り上げた。怒りで震える腕を抑えるようにして、腕組みをし、玄関を向いて言葉を投げつけた。

「お父さん……、せっかく二人揃ってやって来たのだから、話しだけでも聞いてあげたら……。紀和子の気持ちも分かってあげてよ……」

「駄目だ！　駄目なものは、駄目だ！」

徹雄は、邦子の言葉を一蹴した。沈黙が訪れる。玄関の戸は開いたままになっているのだろう。冷たい風が、床上や畳の上を通り抜けた。しばらくして、紀和子が一つ一つの言葉に自らの意志を込めるようにして、徹雄に尋ねた。

「父さん……、どうして？　どうして、駄目なの？　どうして、許してくれないの？」

徹雄は、紀和子の言葉に、明確だった理由が、どこかに消えていったように思った。なんだか、とっさに返事が出来なかった。

「私とジョージの出会いが、父さんや母さんたちの出会いと、どこが違うの……。父さんや母さんたちの結婚と、どこが違うのよ。父さん、教えて……」

徹雄は、答えなければいけないと思った。高ぶった気持ちを抑え、一つ一つ言葉を選びながら、顔の見えない紀和子に返事をする。

「お前は、こんな簡単なことが分からないのか……。人種が違うだろうが。国が違うだろうが。宗教が違うだろうが……」

「そんなの、当たり前だわ。人は、みんな違うんだから……」

紀和子にも、徹雄の顔が見えないはずだ。

「そんな違いが、結婚の障害にはならないわ。もともと結婚は、性格や、育ちが違う人と結婚するんだから……」

「違う人じゃない。お前の相手は違う国の人だろうが」

「同じだわ」

「同じでない。大違いだ！　おじいや叔父さんたちは、戦争で死んだんだよ……」

徹雄は、さらに声を荒げた。

「おばあもさ。おばあも戦争で殺されたようなものさ……」

紀和子の声が、だんだんと涙声になっていく。そのたびに、徹雄の感情は高ぶってくる。

「オトウサン……」

ジョージの声だ。

「黙っていろ！　何がオトウサンだ。貴様なんかにお父さんと呼ばれる筋合いはない！」

徹雄は、一瞬、ジョージはどんな男だろう、とその口調から、ジョージの姿を想像したが、その思いを打ち消した。手塩に掛け、育てた娘を奪っていく異国の男。あるいは、すでに紀和子の純潔を奪ったのだろうか。そう思うと、いっそう怒りが込み上げてきた。

「お父さん、ジョージの話も聞いて」

紀和子の強い決意のこもった声が聞こえる。

「帰れ！」

徹雄は、逆上して思わず目の前にある灰皿を、玄関に向かって投げつけた。

「もういいよ。お前なんか、顔も見たくない。もう、これっきりだ。何が、ジョージの話も聞いてよだ……。父さんにとって、アメリカーは、おじいや、叔父さんや、たくさんの同胞を殺した敵国の人だ。おばあに苦労を強いた国だ……。もういいから、お前はどこにでも行きなさい。もう、二度と顔を見せるな！」

紀和子が、声を上げて泣きだした。

邦子が、それを聞いて立ち上がり、徹雄に向かった。

「お父さん。あんまりだよ。頭ごなしに怒ってばかりいて、まともに話も聞いてくれない……。父さんになんとか分かって欲しいと思って、紀和子は、やって来たんじゃないの……」

邦子が、玄関先に行き、紀和子を慰める声が聞こえる。やがて、紀和子の大きな泣き声は、すすり泣くような声に変わっていく。ジョージのたどたどしい日本語や英語の混じった声も聞こえる。

邦子は、ジョージにも、徹雄の非礼を懸命に詫びている。やがて、玄関の遣り戸のドアが、がらがらと大きな音を立てて開き、そして閉める音が聞こえた。邦子は、庭先に降りて、さらに何事かを紀和子に話しかけているようだ。しかし、何を話しているかは分からない。締めきったドアを通り抜けて、言葉は徹雄のところまでは届かない。

徹雄は、仏壇を見た。父の遺影と母の遺影、そして弟の遺影が飾られている。位牌には、父母だけでなく、祖父母の名前も刻まれている。みんな戦争の犠牲者だ。

徹雄は、紀和子を叱りつけている原因は、あるいは、このことにあるのかもしれないと思った。先ほどは、とっさには答えられなかったが、紀和子がジョージと結婚したら、だれがこの位牌を継いでいくのだろう。だれが死者たちを供養するのだろう。紀和子は、徹雄の一人娘なのだ。

　この位牌を、アメリカーに継がせる訳にはいかない。紀和子が婿取りをして継いでいく方が、最もいい方法なのだ。ずーっとそう思ってきた。そうでなくとも、紀和子に息子が生まれたら、そのだれかが受け継いでくれるだろう。漠然とそう願っていた。この位牌を子孫代々受け継いでいくことは、死者たちを忘れないことに繋がっていく。ひいては、あの忌まわしい戦争を忘れないことにも繋がっていくのだ。紀和子がアメリカ兵と結婚したら、位牌の継承は途絶えてしまう……。

　だが、このことを理由に結婚に反対していることは、言いづらかった。何だか、非文明的なことのような気がして、少し恥ずかしかった。

　しかし、紀和子は、もうアメリカ兵と結婚してしまうかもしれないのだ。紀和子を取り戻すことは出来なくなった。徹雄が描いていた思惑は脆《もろ》くも費え去った。もう、どうしようもなかった。

　徹雄は、大きくため息をついた。そして、自らを奮い立たせるように立ち上がった。位牌の前の香炉に、香を立てた。煙が、仏壇で揺らめき、壁に飾っている遺影を撫でるように天井へ上がっていく。

徹雄は、その煙を見て、後ずさって膝を折って座り、手を合わせて祈った。紀和子が家を出ても、位牌の相続のことは何とかなるだろう。後で弟の徹三と相談して考えようと思った。

「トートーメーサイ（ご先祖様）、どうか心配しないでください。解決策は、きっと見つけますから……」

徹雄は、いつしか、それこそ自分を慰めるように祈っていた。そしてそのように祈っている自分自身にも、はっきりと気づいていた……。

5

紀和子が、大学近くの住み慣れたアパートから姿を消したと、邦子が泣きながら、徹雄に告げたのは、それから数週間後のことだった。邦子は、紀和子のアパートへ出掛けたままの服装で、徹雄のいる畑へやって来た。よっぽど慌てたのだろう。

「お父さんが言い過ぎるからだよ……。どうしようかね、どうすればいいかね……」

「どうすればって……。心配することはないさ」

「心配だよ……。あの子は、これまで、なんでも包み隠さず親に相談してくれたのに、なんの相談もなくアパートを引き払うなんて……。こんなこと初めてだよ。どこに行ったんだろうね」

邦子は、徹雄に叱られた紀和子の様子を窺うため、野菜の手みやげを持ってバスに揺られて紀和子のアパートを訪ねたのだった。ところが、部屋にはだれもいなかった。ひっそりと、ブランコが一つ、ぶら下がっているような寂しさが漂っていた。

「まさかね……。まさか死んでしまうようなことは……」

「そんなことはないさ！　馬鹿なことを言うな！」

徹雄は、邦子の言葉に思わず大声を出した。あるいは、自分の心にも、邦子と同じような考えが浮かび上がってきた不安を、掻き消そうとしていたのかもしれない。

「そんなことはないよ……。あの子は、強い子だ……」

「そうだよね、そうだといいんだがね」

紀和子は、大学への入学と同時に、実家を離れてアパート生活を始めていた。もう二年目の夏が終わっていた。

徹雄は、邦子の不安を打ち消すように言い継いだ。

「部屋には、何もなかったんだろう？　家財道具が片づけられていたんだろう？　ということは、やはりどこかに引っ越したんだよ」

「そうだよね……。で、どこに、引っ越したんだろうね」

「それは分からんよ。お前が分からんのに、俺が分かる訳がないだろう……。とにかく、大丈夫だって」

「そうだね……、大丈夫だよね。私、どうしたらいいか分からなくて……」

邦子が、再びしゃがみ込んで泣きだした。紀和子は、徹雄だけでなく、当然邦子にとってもかけがえのない娘だ。待ち望んで、やっと出来た一人娘である。

しかし、畑の中で、外出着のまま泣かれては、みっともなかった。薄く白粉を塗った邦子の額が汗ばんでいる。ワンピースの裾が、風に揺れた。

「分かった、分かったから、家へ帰って相談しよう。先に帰っておれ。俺も、すぐに帰るから……」

徹雄は、そう言って鍬を握っている手を放した。邦子は、涙をぬぐって立ち上がると、何も言わずに徹雄に背を向けて、家へ向かって歩き出した。

徹雄は、帰っていく邦子の後ろ姿を見送った後、足元の土を均《なら》した。それから収穫の終わったキャベツ畑を見渡した。ところどころに葉の朽ちた丸いキャベツが、いくつか残っている。薹《とう》が立ったキャベツは、ぱっくりと口を割って無惨な姿を晒していた。

徹雄にも、どうしていいか分からなかった。紀和子の身の上に、邦子が不安がっているような、まさかのことはないだろう。まさかのことはないはずだが、勘当を言い渡した手前もある。慌てふためいて、のこのこと、探し回ることもないのではないか。

徹雄の頭に、ふと忘れていた記憶が蘇ってきた。あのときも、そうだった。紀和子が生まれたときも、この畑で鍬を握っていた。母親のマツが、転げるように走ってきて、赤子が生まれたことを告げたのだ。父親になる照れくささと歓びを抑えながら、家に向かって走ったのだった。

あの日、産婆に抱かれている生まれたばかりの紀和子を見てから、もう二十年余の歳月が流れたのだ。

徹雄夫婦は、その後は子宝には恵まれなかった。徹雄は、それだけに、紀和子が可愛くてしようがなかった。それこそ、手塩にかけて育ててきたのだ。

母親のマツも、初孫の紀和子をとても可愛がってくれた。

「マツおばあは、紀和子のためなら、天ヌ星ヤティン取ティクユンテー（天の星だって、もぎ取ってくれるはずだね)」

　マツは、村人からそんな風に揶揄されるほどだった。徹雄にとっては、このことも嬉しいことの一つだった。

　徹雄とマツは、戦争が終わってから、それこそ手を携えて苦労に耐えてきた。徹雄は、地元の高等学校を卒業すると、すぐにマツと共に農業を始めた。手広い土地があるわけでもなく、細々とした日々の暮らしを続けていくだけの生活だった。

　徹雄は、都会の生活を夢見たこともあった。しかし、母を残して、村を飛び出すことは出来なかった。それが、戦死した父との約束を果たすことになるのだと信じて頑張った。マツが、齢を重ね、老いが見え始めると、なおさら村を出るわけにはいかなかった。

「この子は、おじいにそっくりだよ。ほれ耳の作りを見てごらん。大きな耳たぶをしているよ。これは福をもたらすよ。足の指も、ほれ、おじいみたいに内側に曲がっているよ……」

　マツは、紀和子を抱くたびにおじいと似ている点を、一つずつ見つけていった。そんなマツの姿を見ていると、本当におじいが生きていれば、どんなに喜んだことだろうと思い、無念の思いを禁ずることは出来なかった。

「徹雄……、子供にムヌナラーシ(しつけ)をするときはね。いつも、ちゅらちゅらあと、やふぁやふぁとどう。慌ててはいけないよ」

マツは紀和子を胸に抱きながら、いつも徹雄にそう言った。そう言えば、徹雄は、マツに一度だって叩かれたことはなかった。たぶん、徹三もそうだろう。悪さをしなかったというわけではない。そんなときも、なんだか、いつも大きな愛情のようなものにくるまれて諭されたような気がする。それが、ちゅらちゅらあと、やふぁやふぁと、という意味なのだろうか。

徹雄は、マツの言葉を思い出しながら、同時に、紀和子に対する自分の言動は、マツに教えてもらったとおりであっただろうかと、振り返ってみた。そして苦笑した。大声で怒鳴ってばかりいる自分の姿が浮かんでくる。

それは、それ、これはこれなんだ。母親の時代と自分の時代は違うのだ。時代が違えば、考え方も違わざるを得ないはずだ。そう思って、踏ん切りをつけると、徹雄は、鍬や鎌を片づけて畑から出た。

徹雄が、家に戻ると、邦子は先ほどの不安が嘘のようににこにこと笑みを浮かべていた。

「さっき、紀和子から電話があったのよ。アパートを移りました。連絡が遅くなって、ごめんなさいって……。やっぱり、しっかりした子だわ」

徹雄は、なんだかほっとした、と同時に気が抜けたように、張りつめていたものが弛緩した。勘当した以上、絶対に探し回るものかという思いと、それはそれ、やはり邦子の気持ちを考えると、もう一度、大学のあるN町のアパートを訪ねるべきではないかとも考えていた。その二つの思いに、揺れ動いていたからだ。

「それで……、どこに移ったんだ？」

「うん、ちょっとね」

「ちょっとね、では、分からんだろう」

「うん、もうちょっと広い所へ移るって……。アルバイトもしなくちゃ行けないから、もっと交通の便利な所へ移るって。詳しいことは、私にも分からないわ……」

邦子は、なんだか、隠し事をしているようだった。でも、今にもカチャーシーを踊りそうな明るい気分で、部屋の掃除を続けていた。せっかく畑から戻ってきたというのに、徹雄の存在など、まったく眼中にないみたいだ。

「お父さんに勘当されたんだから、一人で頑張らなくちゃねって……。そりゃそうだよね。私だってそうするかもね……」

徹雄は、なんだか、邦子と紀和子に仲間はずれにされたようだった。邦子は、やっぱり自分に隠し事をしている。紀和子は、たぶんアパートの引っ越し先も正確に教えたはずだ。そういう子だ。それを、邦子は、知らないふりをして黙っているに違いない。そう思った。しかし、徹雄は、それでもいいと思った。紀和子が無事で、邦子の心も晴れればそれでいいのだ。

「町中《まちなか》へ引っ越したのだったら、徹三も町中に住んでいるんだから、力になってもらうといいな」

「そうだね、困った時には、徹三叔父さんにも力になってもらうから心配しないでねって、紀和子もそう言っていたわ……。今が、一番困ったときかもね……」

なんだか、邦子の返事が、どれもこれも皮肉っぽく聞こえた。

「ちょっと、海へ行ってくるよ」

徹雄は、もう畑に戻る気分にはなれなかった。久し振りに海に出てみようかと思った。

「お父さん、大きなお魚でも釣ってきてね。久し振りに、刺身でも食べたいわね。お父さんにも、おじいの血が、流れているんでしょう?」

徹雄は、その言葉を聞きながら、もう返事はせずに、素早く身支度を整えた。浜辺には、徹三のボートが置いてある。

徹三は、G村を離れてN町にある工業高校へ進学、卒業するとそのまま町の自動車工場に就職した。今では、某自動車メーカーの販売店とサービス工場を併置した支店長にまで収まっている。ときどき村に戻ってきて一緒に海へ出る。そのためのボートだ。そのボートを、村で徹雄が預かっていた。

徹三が海へ出るときは、ほとんど徹雄も一緒に出掛けていた。またこのことが、たった二人だけ残された兄弟の、唯一の楽しみでもあった。父が漁師であったというウミンチュの血は、二人にも流れているのかもしれない。あるいは、紀和子にもその血が流れていたのだろうか……。

6

「いい義足が手に入るようになったよ。前の義足は、馴染《なじ》むのに何年もかかった。いや、結局馴染めなかったのだが……、今度のは、とても軽くて装着も簡単だ」

叔父の正徹《しょうてつ》が、弔問客が途絶えた後の静けさの中で、徹雄に話し出した。叔父は戦死した父の唯一残っている末弟である。父は四人兄弟であったが、長兄は先年、病で世を去り、父と次弟は戦死していた。

叔父は、徹雄の目前で義足を外し、装着の手際よくなった箇所を指さした。

「もちろん、便利で軽くなったと言っても、いろいろと面倒くさいものさ……。ときどき、痛みが走ることもある。そんなときは、亡くした足が恋しくてたまらない。でも、過去には戻れないからなあ……」

叔父は、戦争で右脚に被弾し、G野戦病院で膝下から切断した。戦後は不自由な生活を強いられてきたが、村役場の吏員として三十年余も勤めてきた。もうすぐ古希の祝いを迎えるが、今では髪の毛も薄くなって、ほとんど禿げてしまった。もちろん、当人は、そんなことなどまったく気にしていない。いつもにこにこと笑みを絶やさない。父が生きていたら、父の頭も禿げただろうかと、思わず叔父の頭を見ながら想像することもある。

「俺は、生きて帰れただけでも有り難いさ。足が無くなろうと、頭が禿げようと、俺は運がいい。幸せ者さ……」

叔父は、酔うといつもそんな風に話して、戦死した二人の兄たちの不遇を嘆いた。自分と兄たちの生死を分けたのは、たんなる偶然だと、叔父はいつも言う。

「戦争が終わってから、もう五十年余にもなるんだなあ……」

父と、弟の徹治が死んでから五十年、母が死んでからも、すでに七年が過ぎた。徹雄は、三人合わせての法事を、親戚縁者を呼んで執り行ったのだった。

父と弟の法事は、母の生前に三十三年忌として執り行うべきだったが、母はそれを行うことを嫌がった。徹雄も無理強いすることなく、母の死と重なった慌ただしさのなかで延期にしていたが、その法事を、母の七年忌に重ねたのである。

三十三年忌が終わると、父と徹治に対する法事はすべて終わり、二人はあの世で「神」になり魂も消滅するという。それを村では「オワリスーコー」と呼び、盛大な法事になる。「オワリスーコーをすると寂しくなる」と言って、法事を行わなかった母の言葉が、徹雄はなんだか理解出来るような気がした。

徹雄は、朝からあれやこれやと忙しかった。墓参りをし、香を焚き、坊さんを呼んで読経をしてもらった。午後からは、ひっきりなしに弔問客が訪れた。おそらく、村の多くの人々が父と母の前で香を焚いてくれたのではないか。正徹叔父の家族、そして弟の徹三夫婦の家族皆にも、朝から手伝ってもらった。

「徹次郎兄さんの骨……、見つかれば良かったのにねえ。とうとう見つからないで、戦後五十年余も経ってしまったなあ」

「もう、諦めているよ、叔父さん……。もう無理だよ」

「そうだな。もう無理かもなあ……」

父の骨壺には、父が戦死したと思われる本島南部の地摩文仁《まぶに》の浜辺の小石を入れている。

「徹次郎兄さんは、おばあとは似ずにおじいと似ていたかなあ。おじいは背が高くて、日露戦争にも行ったんだよ。それが自慢でな。乃木将軍も見たと得意がっていたよ……。そう言えば、お前たちも背が高いし、頭も少し禿げてきたなあ」

正徹叔父は、徹雄と徹三を見て、愉快そうに笑った。徹雄は、右手を挙げて薄くなった頭髪を撫で、隣の徹三を見た。

「徹次郎兄さんはな、ジンブン（知恵）もあって、同級生たち皆に一目置かれていたよ。勉強も出来るし、足も早いしなあ。運動会なんかでは、いつも一番だったよ……」

正徹叔父の自慢の一つは、父と一緒に走った運動会の家族リレーだ。祖父母や兄たちとチームを組んだ家族リレーは、ひときわ懐かしいのかもしれない。家族みんなの走りっぷりを、いつも涙を潤ませながら自慢げに話す。

正徹叔父だけが、今では父さんの幼いころの思い出を語ることが出来る。このオワリスーコーを境にして、やがて父の記憶はだれにも語られなくなるだろう……。

庭の隅に植えられた大きなガジュマルの樹がさわさわと音立てて揺れる。徹雄は、その方向へ目をやった。一瞬、紀和子が帰って来たのかなと、胸騒ぎを覚えたからだ。だが、紀和子の姿は見えなかった。

ガジュマルの枝の揺れる音に気づいた正徹叔父が、感慨深そうに話す。

「あのガジュマルの樹はな、お父と一緒に叔父さんたちが植えたんだよ。この家を造った年にな。庭が寂しいもんだから、記念として、村外れにある大きな樹を移し植えたんだよ。お前たちは、よくその樹に登って遊んでいたよ。覚えているか？　徹三はどうだ？　覚えているか？」

「いや、あまり覚えていないなあ」

突然、問いかけられた徹三が、刺身をつまんでいた箸を置いて返事をする。

「そうかあ……、徹雄は覚えているだろう。お前はあの樹から落ちて怪我をしたことがあったからなあ。お父は、血相を変えていたが、腕を擦りむいただけだったよ」

そう言えば、そのようなことがあったような気もする。たしか、徹治も一緒に登ったのだ。樹の枝の間に、板を置いて火の見櫓《やぐら》を作って遊んだのだ。徹三は、まだ小さいので登らせてやらないと言うと、樹の下でいつまでも泣いていた……。

庭の樹、一本にも語られる記憶や歴史があるのだ。今更ながら、徹雄は驚いた。そして、もう一度大きく生い茂ったガジュマルの樹を見た。

「ところで、徹雄……。紀和子を許してやったらどうだ。一人娘だろうが……。紀和子の姿が見えないと寂しいよ」

それは、徹雄も同じだ。紀和子を勘当したとはいえ、このような場所に紀和子がいないのは寂しかった。

「しかし……、それとこれとは、別問題だよ」

「それとこれ？」

「その……、寂しさと、紀和子の結婚さ」

「そうか……。しかし、今の世の中、狭くなっているぞ。アメリカも身近になっているよ。紀和子が好いた男なら、間違いないよ。許してやってもいいんじゃないか。紀和子は賢い子だ。男を見る目もあるだろう」

そんな紀和子が、どうしてよりによってアメリカ兵なんかを選んだのだろうと思う。

「そう言われてもなあ、叔父さん……。トートーメー（位牌）も、あるしなあ……」

「トートーメーは、紀和子が継がなければいけないということでもないだろう。俺の息子にでも継がせていいよ。あるいは、徹三の息子にだっていいさ。相談すればいいことだよ。それに、アメリカーと結婚したからといって、紀和子が継いでいけないということもないだろう。紀和子とそんな話はしたのか？」

「そこまでは、まだ……」

「なんでも、頭から駄目だと言ったら、話は進まないじゃないか……」

「しかし、話をすると、二人の結婚を認めてしまいそうでなあ」

「そんなことはないさ。話を聞いてから、断ることも出来るさ」

それもそうだと思う。そうだということは、最初から徹雄にも分かっている。しかし、やはり駄目だ。紀和子をアメリカ兵には嫁がせない。なぜか。理由は……、定かでないが駄目だ。あるいは理由が見つかっても、その理由は矛盾しているかもしれない……。

「正徹叔父さん……、心配してくれて、有り難う。いろいろ考えてみるよ」

徹雄は、そう言って正徹に礼を述べた。

「そうした方がいい。あんまり頑固にならずになあ。お前の頑固さは、お父とそっくりだよ。お前のお父は、みんなの意見を押し切って、ウミンチュになったんだよ……」

正徹は、目を細めるようにして仏壇の父の位牌を見た。

徹雄は、正徹の目の前のコップに泡盛を注いだ。正徹は、泡盛を注いでもらいながら、外していた義足を思い出したように装着し始めた。やはり、その姿は、徹雄には痛々しく映った。紀和子の結婚を許すわけにはいかないと思った。

7

紀和子は、法事を行ったその日、ついに姿を見せなかった。しかし、前日にこっそりとやって来て、焼香をしたということを邦子から聞いた。なんだか複雑な思いだったが、多くはホッとしていた。同時に、紀和子は、新しいアパートでジョージとの同棲生活を始めているということも聞いた。紀和子から言われたそのことを、邦子は、徹雄になかなか切り出せずにいたのだ。

徹雄は、それを聞くと、張りつめていたものが一気に弛緩していくようだった。虚しかった。同時に、怒りのようなものも、確かに心の中で大きく燃え上がった。紀和子に裏切られたと思った。その思いを、邦子にぶつけざるを得なかった。

「お前の監督がなっていないんだよ。娘の指導一つ出来ないのか。アパートにも、時々行っていたんだろう？　どうして同棲なんかさせるんだよ……」

徹雄は、自分のことを棚に上げ、なんだか支離滅裂なことを邦子に言っているような気もしたが、どうしようもなかった。

「これで、もう、紀和子は娘ではないからな……。あんなに可愛がって育てたのに、親不孝者めが……」

徹雄は、吐き捨てるようにつぶやいた。それから、そんな思いとは逆に、紀和子の幼いころの記憶が、ひとりでに浮かび上がってきた。やはり、懐かしい。女の子のくせに三輪車をせがんでしょうがなかったこと。ランドセルを背負った小学校の入学式。応援に出掛けた運動会や学芸会。高校合格の知らせには、思わず涙をこぼしてしまっていたこと……。どれもこれも懐かしかった。そして、むしろ、手元から離れていった紀和子の大学時代の、この数年間の記憶だけがぷつりと途絶えていることに不思議な感がした。徹雄に関心が無かったわけではないはずだが、どのように大学生活を送っているかは、想像が及ばなかった。

邦子の言によれば、紀和子は、大学入学後、すぐにマリンスポーツクラブに入部したという。紀和子も、父の徹次郎の血を受け継いでいたのだろう。幼いころから、海が好きだった。「魚」のことをうまく発音出来ずに、「サナカ」と言ってみんなに笑われていた。

アメリカ兵のジョージとは、紀和子のクラブが利用しているマリンショップで知り合ったという。ジョージも海が好きで、そのマリンショップへ、時々やって来ていたという……。

徹雄は、もうそれ以上は聞きたくなかった。邦子にせがんで問い質したのだが、邦子が語る紀和子とジョージとの出会いのことは、初耳だった。

「お前は、そのことを知っていたのか?」

徹雄は、邦子を見て問うた。邦子はうなずいた。

「なぜ、止めなかったんだ」

「だって……」

「だってなんだ。相手は、アメリカ兵だろうが……」

「だって、こんなことになるとは……」

邦子は、それだけ言うと、うつむいたままで、次の言葉を飲み込んだ。

しかし、もう遅いのだ。これ以上、邦子をなじったって、どうにもならない。過去には、もう戻れないのだ……。徹雄は、ふと、正徹叔父が、同じようなことを言っていたことを思い出した。「だれも、記憶以外では、過去に戻る方法がないのだ」と……。

数カ月後、徹雄は、紀和子が妊娠していることを邦子から告げられた。

徹雄は激怒した。妊娠という事実に腹を立てたのか、邦子が、二人の仲を許してくれと頼んだことに腹を立てたのかは、分からない。あるいは、もっとたくさんのことに腹を立てていたのかもしれない。徹雄は、本当に、これで、一人娘を喪ったと思った。

邦子は、それ以降、徹雄の前では紀和子のことをほとんど話さなくなった。だが、邦子が紀和子のアパートを訪ねる回数は、娘の妊娠の事実を知ってから、むしろ増えていた。手にいっぱいの野菜やお土産を抱えて、邦子はいそいそと出掛けていった。徹雄は、その行為を止めることは出来なかった。あるいは、どこかでその姿にホッとしていた。

紀和子が臨月を迎え、無事にジョージ・ジュニアを出産したと聞いても、徹雄は祝いに行かなかった。邦子の誘いを断り、邦子の後ろ姿をやはり複雑な思いで見送った。

8

「兄さん、釣りに行かないか？　今度の連休は潮の具合もいいようだよ。久し振りに行ってみようよ」

徹三から、誘いの電話があったのは、五月の連休前だった。

「うん、そうだな……」

「ボートの準備をして待っていてよ。大丈夫だろう？　都合がつけられるんだろう？」

徹雄が迷っていると、徹三の言葉が次々と飛んできた。

徹雄は、返事をためらっているのは、紀和子のことで少し憂鬱になっているのかもしれないと苦笑して、気を取り直す。

「うん……、大丈夫だ。分かった」

「よっし、じゃ、いつものとおりだ。よろしく頼むよ」

徹三は、約束を取り付けると、あっさりと電話を切った。

徹雄は、すぐに納屋に行って釣り道具を点検した。餌と獲物を入れるアイスボックスは、いつものとおり徹三が準備をしてくる。徹雄は、船を点検し、モーターのガソリンを用意し、納屋に置いた二人分の釣り道具を点検するだけだ。それもいつものとおりだ。徹雄は久し振りに心を踊らせて、連休が来るのを待った。

その日、空は真夏日に近いほどに晴れ上がった。海は、凪《な》いで穏やかだった。雲の影が、海上を走り、珊瑚礁は夏を迎える準備をすべて終えたかのように色鮮やかに海底で息づいていた。

環礁を出ると、小さな波が押し寄せたが、気になる程の高さではない。船を停泊し、釣り糸を垂れると、魚はすぐに食いついてきた。アイゴや、アカジンが面白いように釣れた。しばらくすると、目の前をサワラの群れが走った。急いで釣り糸と針を変え、海面に浮かべた。二、三匹のサワラが同時に掛かり、船上で飛び跳ねた。サワラの群れが船の周りに纏い付いたのはほんの僅かな時間であったが、あっという間に、アイスボックスは一杯になった。こんな大漁も珍しいことだ。

徹三が、感慨深そうに言った。

「父さんは、いつもこんなふうに、海を目の前にして漁をしていたんだなあ……」

「そうだなあ。一生を海の上で過ごしたわけだ。短い一生だったけどな……」

船縁《ふなべり》から身を乗り出して海底を覗くと、群青色の深みに吸い込まれそうだった。

「兄さんは、覚えている？」

「何を？」

「あの化け物イカ」

「ああ、そうだった。覚えているよ。あれはデカかったなあ」

「デカかったよ。俺たちよりも大きかったからな……。そんなイカを釣った父さんは、すごいなあって思ったよ。俺もウミンチュになろうかなあって思ったぐらいだ。あれ、どうしたんだっけ？」

「何が？」

「あのお化けイカさ、食べたんだっけ？」

「たぶん、村の者、みんなに配ったんじゃなかったかな……」

「そうだったかなあ。もう忘れてしまった。でも、とても家族だけでは、食べきれなかったからなあ……」

徹三が、感慨深そうに目を細めながら言った。太陽の光線を受けて、海面が時々きらきらと白く輝く。

「ところで、兄さんは聞いたことある？　父さんは、生き残るために、海軍ではなく、陸軍を志願したってことを」

「ああ、そうらしいなあ、正徹叔父から聞いたことがある……」

「この海を見ていると、案外、本当だったかもしれないと思うね。海は豊かな幸をもたらすけれど、一歩間違えれば、逃げ場がない。船が沈んだら一巻の終わり。すぐに死だ。父さんは海の怖さを知っていたんだろうね。もちろん、戦争の怖さも……」

「そうだね……」

「でも、姑息な手段では、生き残ることが出来なかった……。なんだか悲しいね」

なんだか悲しい、と徹雄も思った。大きな時代の波は、小さな人間の小さな知恵など、一気に飲み込んでしまうのだ。父さんの必死の思いなど、まるで意に介さない。時代は、いつでも個人の事情なんかに頓着するほど優しくはないのだ。

徹雄は、改めて弟の徹三を見た。徹治が、山中で死んだとき、徹三は四歳だった。徹治は七歳。二人は喧嘩ばかりしていて、いつも徹三は、徹雄のもとに逃げてきた。徹雄は、よく理由も聞かないで、徹三の味方をした。徹治を懲らしめるために、庭のガジュマルの樹に縄で縛りつけたこともあった。徹治は、それでも謝らなかった。強情だった。謝るまで許さないと恫喝して、その場を立ち去ったこともある。しかし、徹雄に隠れて、そーっと縄を外したのは、いつも徹三だった……。

「徹治は、俺のこと怒っているかな……」

「えーっ、何？」

徹三が、振り向いて徹雄を見上げた。

「うん……、急に徹治のことが思い出されてね。俺、何度か徹治をガジュマルの樹に縛ったからさ、怒っていないかなと思って……」

「そんなこと、ないと思うよ」

徹三も、感慨深そうに記憶を手繰り寄せている。やがて、釣り糸に目を落として、黙り続けた。

徹雄は、なおも徹治の記憶を反芻する。徹治が生きていたら、今ごろ何をしていたのだろうか。どんな仕事に就いていたのだろう。生きていたら、どんなに心強かったことだろうか。あんな頑固者の徹治が、戦争で、あっけなく死んだのだ。

「兄さん……」

徹三が、息を飲むような声で話しかけてきた。徹雄は、手に伝わる竿先の感触に、慌ててリールを巻きながら徹三の方へ顔を向ける。

「紀和子のこと、許してやったらどうだ。子供も出来たことだし……。兄さんには一人娘じゃないか」

「……」

徹雄は、黙っていた。徹三は、紀和子のことで意見を言うために、この釣りに誘ったのかと思った。冷たい風が、海上を吹き付けて徹雄の頬に当たった。餌が奪われただけの釣り針に、もう一度餌を付けて竿を振った。

「紀和子に呼ばれて、紀和子のアパートに行ったんだがね……、子供はもう部屋の中を歩き回っていたよ。可愛くてね。兄さんにそっくりだよ」

「いい加減なことを言うな！」

「いい加減なことではないよ。それは、当然、あっちの側の顔もしているさ。でも、兄さんにも似ている……。紀和子は泣いていたよ。父さんに息子を抱いてもらいたいって……。許してやりなよ」

「駄目だ！」

「どうして駄目なんだよ」

「駄目なものは、駄目だ！」

「兄さん、可笑《おか》しいよ。どうして紀和子のことになると、そうムキになるの。駄目なものは、駄目だ、では、理屈が通らないじゃないか。無茶苦茶だよ……」

　駄目なものは駄目だ、だけではない。徹雄の中では、紀和子の結婚に反対する明確な理由があるのだ。しかし、それがうまく説明出来ない。そのもどかしさは、徹雄だけのものではない。戦後を生きてきた沖縄の人々すべてに共通するもののような気がする。

徹雄は、そのもどかしさのままで、一度邦子に話したことがある。話しながら、理由を整理出来るだろうと思ったのだ。しかし、実際にはその逆で、かえってつじつまが合わなくなった。邦子に笑われてからは、何だか、もう話しづらい。

徹雄が結婚に反対する大半の理由は、戦争のせいだ。邦子にうまく説明出来なかったが、今の徹雄の生活は、戦争と関係ないことだとは思えない。戦争で父が奪われなかったら、今の日常は変わったものになっていたであろう。母のマツも、あれほどの苦労をせずに済んだはずだ。

あるいは、戦争で死んだ父や弟や叔父たちの姿は、徹雄が勝手に作り上げた歪んだ像かもしれない。でも、日常の生活は、徹雄の記憶と関係ないことだとは思えない。過去を忘れてはいけないのだ。

徹雄は、紀和子とアメリカ兵との結婚を許すことは、なんだか過去を清算することに繋がるように思われる。父や、弟たちの記憶を消し去ることに繋がるように思われるのだ。やはり、それは出来ないことだ……。

徹雄の竿先が大きくしなった。一気に竿が海面すれすれまで引きずり込まれる。大物が食いついたのだ。徹雄は、手に力を込めて言い放った。

「戦争だよ」

「えーっ？」

徹雄は、もう一度徹三を見て、思い切り大きな声で言った。

「戦争のせいだよ。俺が紀和子の結婚に反対するのは、戦争のせいだ。記憶を、奪われたくないのだ」

徹三が、海面を見て悲鳴を上げた。同時に、獲物は釣り糸を切って海中へ姿を消した。

徹雄の手には軽くなった竿の感触だけが残った。

「デカかったな……」

白い巨体が海面すれすれまで浮き上がって、それから姿を消した。二人は、顔を見合わせて、思わず声を上げた。

9

「おい、大変だよ。お父が帰ってきたぞ。新聞を見たか、徹雄、新聞を見たか。お父が載っているぞ。お前たちも載っているぞ！」

まだ、夜は明け切っていなかった。突然、電話が鳴って、正徹叔父の興奮した声が飛び込んできた。徹雄には、一瞬なんのことか分からなかった。

「お父が、帰ってきた？　どういうこと？」

「新聞の写真だよ、写真。お父の写真が載っているんだ。すぐに新聞を広げて見てみろ」

徹雄は、まだ事態を把握出来ないでいたが、正徹叔父に言われるままに、急いで新聞を取り寄せて広げてみた。そして、再び受話器を握り、正徹叔父の説明を聞きながら、新聞を捲《めく》った。正徹叔父の興奮した声が再び耳に響く。

「お父の出征前の写真が新聞に載っているんだ。その写真には、亡くなった徹治も、お母も、お前たちも、みんな写っているよ」

徹雄も興奮を隠し切れなくなった。ドクン、ドクンと、心臓の波打つ音が大きくなっていく。目を凝らして新聞に見入った。

「あった……。邦子！　邦子！」

徹雄は、思わず妻を呼び寄せた。邦子が台所から飛んできて、食い入るように新聞を見つめた。

「叔父さん、あったよ。あった……。確かに、父さんだ。家族の写真だよ……」

徹雄は、受話器を握ったまま何だか泣き出しそうな思いで写真を見つめた。そして、丁寧に正徹叔父に礼を述べて電話を切った。

徹雄は、もう一度写真を眺める。間違いなかった。眉の太い父の面長な顔に、母の丸いふっくらとした顔。その両親の前で、緊張した面もちで両手を揃えて直立している三人の兄弟、徹雄と徹治と徹三だ……。徹三に電話をしなければと思った。その時、再び電話が鳴った。慌てて取ると、紀和子からだ。

「父さん……」

「何だ……、何のようだ」

思わず、徹雄は不機嫌な声を出した。徹三からの電話かな、と思ったが、当てが外れた。でも、久し振りに聞く紀和子の声だった。

「新聞を見たのよ。父さんたちのような気がして……」

「……よく分かったな」

「やっぱりそうなんだよね。小さいけれど、父さんたちよね。徹三叔父さんも……。そして、おじいちゃんも、おばあちゃんも……」

「そうだ……。おじいちゃんもおばあちゃんも写っている……」

「やっぱり、間違いなかったんだ……」

「よく知らせてくれたな。有り難う……」

紀和子が、受話器の向こうで泣き崩れるような気配が感じられた。

「おじいちゃんも、お父さんと、よく似ている……。亡くなった徹治叔父さんも……」

「うん、そうだね……」

「……」

「元気か……」

徹雄のその言葉に、今度は、はっきりと紀和子の泣き声が聞こえた。

「今、母さんと、代わるからな……。頑張るんだよ」

徹雄は、それだけ言うのが精一杯だった。何年ぶりかで紀和子の声を聞いたような気がする。自分で勘当しておいて、頑張るんだよと言うのも変だが、つい言葉が出てしまった。

徹雄も涙が溢れそうだった。それを必死でこらえた。紀和子が自分たちの写真を見つけてくれたことが嬉しかった。電話をしてくれたことも嬉しかった。

「母さん、紀和子からの電話だよ」

徹雄の言葉に、邦子が走って来て受話器を握った。徹雄は、感傷的になった気分を悟られぬように、もう一度新聞を見る。

新聞には、この写真に載っている関係者は名乗り出て欲しい。米国から、この写真を持って、沖縄戦に従軍した兵士が沖縄に来ている。大切な写真と思われるので家族に返したい意向だということが紹介されていた。

徹三に電話をして、新聞社への連絡を頼もうと思った。徹三は、もう気づいているだろうか。

「あんた、紀和子が、有り難うって……」

邦子が、目に涙を溜めて、声を詰まらせて徹雄に言った。

「紀和子は、父さんに励ましてもらって、嬉しかったって……。私からも、有り難うね」

徹雄は、黙って新聞を見続けた。照れくさかった。なんだか、幼いころの紀和子が戻ってきたように感じた。家族だと思った。

同時に、写真を見ていると、忘れていた当時の記憶がだんだんと蘇ってきた。こっちにも、もう一つの家族がある。徹治が、泣き出しそうな顔をしているのは……。そうだった、歯の痛みをこらえているんだ。歯の痛みをこらえるようにと、父さんに叱られたんだ。

徹雄の脳裏に、はっきりと写真を写した当時の記憶が蘇ってきた。父さんは、たしか出征前の記念にと、家族を引き連れてN町まで出掛けて行き、記念写真を撮ったんだ。しかし、どうしてこの写真が我が家には残っていなかったんだろう。徹雄の脳裏に新たな疑問も湧いてきたが、まずは徹三に知らせなければならないと思った。

徹雄は、慌てて受話器を取って、ダイヤルを回した。

「お父さん、朝ご飯の準備が出来ましたよ」

邦子の声がしたのは、受話器の向こう側で徹三の声を聞いたのと、ほとんど同時だった。

10

徹雄は、徹三と二人で、写真を届けてくれた米兵に会った。正徹叔父も誘ったのだが、叔父は断った。脚が不自由なので迷惑をかけるかもしれない。また、沖縄戦での自分の負傷が、先方に複雑な感情を与えてはまずいという叔父の配慮からだった。こんなときにも、叔父は戦争を背負って生きているのかと思うと、徹雄は逆に複雑な思いだった。

米兵とは、新聞社の応接室で会った。米兵と言っても、正確には元兵士である。杖をついた白髪の元兵士は、米国から一緒にやって来た息子に身体を支えられるようにして立ち上がり、徹雄たちに握手を求めた。

目前に示された写真は、ややセピア色に変色していたものの、やはり徹雄たちの写真であった。徹三が、写った人物を指差しながら、父さん、母さん、徹雄、死んだ兄さん、そして自分だ、と説明した。

仲介をしてくれた新聞社の記者が、同席し通訳をしてくれた。しかし、徹三たちの身振り手振りでも、なんとか先方に思いが伝わるようだった。それも、不思議だった。互いに、サンキュー、サンキューと言い合った。分かっている英語の単語と、分かっている日本語の単語を並べ合った。ただ、手を握り肩を抱き合った。難しい話は、両者の間に記者が入って説明してくれた。

米国から付き添ってきた息子の目も、潤んでいた。しばらくして、その息子が、意を決したように話し出した。

「父は、この写真の家族に是非会いたい。会って話がしたい。そのために、沖縄へ行きたいと言いました。父は、長く苦しみました。でも、今、念願が叶ってよかったです。どうか話を聞いてください……」

難しい話になりそうだった。和やかな雰囲気が、一気に崩れて静かになった。記者は、息子の言葉を丁寧に訳してくれた。それから、次に、元兵士がゆっくりと話し出した。

「私は……、あなたたちのお父さんを、見たことがあります。あなたたちのお父さんは軍隊から見捨てられていました。なぜかは、分かりません。私たちが、日本軍の陣地を破壊して進軍していったとき、あなたたちのお父さんは、一人ぼっちでした……」

それから話されたことは、衝撃的なことだった。徹雄は耳を疑った。記者のメモを取る手もいつの間にか止んでいた。父は、気が狂っていたのだろうか……。

元兵士は、心の深奥から一語一語を絞り出すように話し続けた。

「あなたたちのお父さんは、暗いガマの中に閉じ込められていました。とても痩せ衰えていました。私たちが助けてあげたのに、隙を見て逃げ出しました。捕虜になることを嫌ったのです。私たちが、フリーにするという約束、信じなかったのです。止まれの合図、無視しました。それで撃たれたのです。私が隊の責任者でした……」

元兵士は、声を振るわせて話し続けた。先ほどのにこやかな笑みは消えている。一語一語、ぽつりぽつりと、しかしはっきりと語り続けた。

「……あなたたちのお父さん、もちろん軍服を着けていました。でも、わざと撃たれたような気がします。いや、そうではないかもしれない。どっちだろう。助けたかったのに、助けられなかった。あなたたちのお父さん、たぶん日本の軍隊に抵抗した。それで、囚われたのかもしれない。でも、違うかもしれない。どっちが正しいか分からない。でも、私たちは、あなたたちのお父さん、殺したのです……」

この元兵士は、このことを話すためにやって来たのだ。この記憶に束縛され、この記憶から解放されたいがために、この沖縄の地までやってきたのだ。そんな強い意志が感じられた。

元兵士は、目を伏せて手を強く組み、必死に語りかけてくる。その誠実さは、言葉以上に徹雄の心に響くものがあった。まるで、五十年余の苦しみを吐き出しているかのようだ。もういいのだ。もう、自分を許してもいいのだと思った。そう言おうとしたとき、傍らから徹三が声を発した。

「戦争では、殺し合うのが当たり前なんだから……。もういいですよ。苦しまなくても、もういいですよ」

徹雄も、そのとおりだと思った。元兵士は、身体を小刻みに震わせながら涙を溜めている。

「私たちに話してくれたこと、とても感謝しています。写真を届けてくれたこと、とても感謝しています。有り難う……」

徹雄も、徹三の言葉を継ぎ足していた。父を殺せと命令した相手に「有り難う」というのも変だが、その言葉に偽りはなかった。

やがて、元兵士は立ち上がって、目を潤ませたままで、再び徹雄たちの手を握った。前よりも温かく強い力がこもっていた。

「……サンキュー。やはり、生きていてよかった。沖縄まで来てよかった。死なくてよかった……」

徹雄も、強く元兵士の手を握り返した。

「父の分まで生きてください。頑張ってください」

徹三も、目に涙を溜めて、元兵士の手を握り締めていた。

元兵士の名前は、リチャードといった。リチャードは、再びソファアーに腰を下ろすと、しばらくの間、堰を切ったように、戦争の悲惨さを語った。沖縄戦のただなかで、父や母や、息子や家族を思い、死んでいった兵士たちの無念さを語った。また同時に、死に急ぐ日本軍の兵士たちの狂気をも語った。

「日本兵は、憑《つ》かれたように死を求めていました。しかし、どんな死にも名誉はありません。戦争は犯罪です。私は、あなたたちと出会い、私の記憶を語り継ぐことの大切さを、今この瞬間に悟ったような気がします……」

元兵士は、自らの発見を感慨深そうに語った。

徹雄は、異国の元兵士や息子と出会えたことに、感謝した。父のオワリスーコー（最後の法事）を先日終えたばかりのことをも伝えた。不思議な運命の引き合わせに気がついて、互いに驚いた。

会話の間に、再び和やかな笑い声が飛び交った。熱い思いを伝え合った後の会話は、いっそう弾んだ。

「トートーメー？」

父の話題になったとき、元兵士は身を乗り出して尋ねた。

「そう、トートーメー。位牌だよ。父さんは、カミサマ（霊）になって仏壇にいる。私たちを見守ってくれているよ」

徹雄がそう言うと、リチャード親子は、是非、トートーメーの前で手を合わせたいと言った。ひょんなことになったと思った。徹雄は、どう返事をしていいものか、迷って徹三を見た。

「そう望むのなら、そうさせて上げようよ」

徹三は、きっぱりと言った。そして徹雄の不安を見透かしたかのように言い継いだ。

「紀和子がいるよ。紀和子とジョージにお願いして、通訳をしてもらおう。紀和子たちに来てもらったらいいさ」

徹雄は、一瞬、ためらったが、遠い異国の地からやってきたリチャード親子の誠実さに応えるためには、二人の思いを叶えてやった方がいいと思った。

「分かりました。どうぞ、私の家に来てください。魚も、たくさんご馳走するよ」

徹雄は、声を弾ませて返事をした。

「オー、カサナ大好き。サシミ、大好き」

リチャード親子は、両手を広げて、日本語で言った。

「カサナ違う、サカナね」

徹三が、二人を真似て両手を広げた。

「兄さんは、ウミンチュ。趣味のウミンチュ。でも、サカナ、たくさん捕ることが出来るよ」

皆が、一緒に笑い声を上げた。

11

リチャードは、沖縄に滞在している間に父の遺体を埋葬した場所をも、是非案内したいと徹雄に申し出た。しかし、リチャードは、当時の地形と現在とがあまりに違っていることに驚き、その場所を言い当てることが出来なかった。涙を滲ませて、蘇らすことの出来ない記憶を詫びたが、徹雄はそれで十分だった。摩文仁《まぶに》の地で、額から流れる汗を互いにぬぐって、そして励まし合った。

リチャード親子の滞在中は、ずーと紀和子とジョージの世話になった。多くは、ジョージが休暇をとって通訳をしてくれた。摩文仁にも、ジョージが一緒について来てくれた。

リチャード親子が去った後、今度は入れ替わるように、紀和子の家族が徹雄の家を頻繁に訪れるようになった。徹雄は何だか奇妙な気分だったが、孫のジョージ・ジュニアの仕種は、やはり可愛かった。そして、それを見て微笑んでいる邦子の嬉しそうな顔を見ていると、無下《むげ》に追い返すことも出来なかった。そして、通訳をしてくれたジョージへの感謝の思いは、やはり偽りのないものだった。

そんな日々が数週間続いた後、ジョージが、中東へ行くことになった。およそ三カ月間の任期だという。徹雄はやはり、複雑な思いだった。

「ボクノ、イナイ間、紀和子ト、ジュニアノコト、ヨロシク、オ願イシマス」

ジョージは、そう言って、徹雄に頭を下げた。

ジョージは、徹雄が想像していた以上に日本語が上手だった。トートーメーの前で手を合わすリチャード親子への徹雄の言葉も、ほとんどジョージが伝えてくれた。

ジョージは、トートーメーのことについても詳しかった。いろいろと尋ねるリチャード親子に、徹雄の助言をもらいながら、熱心に説明した。徹雄は驚いて、思わず紀和子の顔を見た。紀和子は、徹三と目配せをして笑っていた。

ジョージは、トートーメーのことだけでなく、沖縄の歴史や文化についても詳しかった。徹雄の話をも、熱心に耳を傾けて聞いてくれた。ジョージの中東行きは、そんな中での出来事だった。

「心配するな……。気をつけて行ってこい」

徹雄は、思わずジョージに向かってそう言っていた。

　ジョージが中東に旅立ってから、紀和子とジュニアは、ジョージの言葉どおり、頻繁に徹雄の家にやって来た。これまでの数年間の空白を埋めるかのように、紀和子は、母親の邦子に甘えているようだった。

　ジョージ・ジュニアも、徹雄の周りを離れずに、「グランパ、グランパ（おじいちゃん、おじいちゃん）」と呼んで、膝の上にまとわりついた。そして、やがては、アパートで過ごす時間よりも、徹雄たちと一緒に過ごす時間が多くなっていった。

　中東に出掛けたジョージは、米軍の最新鋭ジェット機のパイロットだ。徹雄は、紀和子親子を見ながら、だんだんとジョージのことが心配になってきた。詳しい事情は分からないが、テレビでは、戦争の生々しい映像が報道され続けていた。ジョージが死ぬのではないかと、心配になった。死んだら、紀和子とジュニアはどうなるんだ。徹雄は、ジュニアを膝の上に座らせながら、思い切ってその懸念を紀和子に語った。

　紀和子は、徹雄へ感謝を述べて笑って答えた。

「ジョージは、今度の任務で兵役を退くことになるわ。兵士であることに矛盾を感じているの。この任務が終わったら、すぐに民間機のパイロットとして、アメリカで仕事を探すことにしているの。私も賛成したわ。来年の夏には、ジョージの故郷のアトランタへ、みんなで一緒に引っ越す予定よ。お腹の赤ちゃんも一緒にね」

徹雄は、その方がいいと思った。そして二人目の孫が出来ることも初めて知った。やはり、複雑な心境だ。

紀和子は、やがてジョージの妻として異国の地に旅立つことになる。しかし、ジョージの死の危険を避けることが出来るのなら、むしろ、その方がいいとも思う。

「アトランタのジョージの両親は、今すぐにでも来て欲しいって言うの。でも、私は、母さんのところで二人目の赤ちゃんを生んでから行くことにしたの……。それでいいでしょう、父さん」

「お前が、それでもいいと言うなら、そうしても構わないよ。なあ、母さん」

「私は、大賛成ですよ。是非そうしてもらいたいよ」

邦子が、嬉しそうに大声で返事をして相づちを打つ。

ジュニアが、座っている徹雄の背中を揺すりながら、盛んに徹雄にせがんでいる。

「ウミ、ウミ……。サナカ、サナカ……。グランパ、ウミ、サナカ……」

「おい、紀和子、ジョージはサカナって、言えないのか？」

「そうなのよ、私の小さいころと同じみたい。何度教えてもサナカなの」

徹雄は、何だか一人でに笑みがこぼれた。そして、ジョージを抱き上げた。

「サナカじゃない。サカナだ。言ってみろ。サ、カ、ナ」

「サ、ナ、カ」

「違う、違う、サ、カ、ナ」

「カ、サ、ナ、……」

「こりゃ、駄目だ。よし、よし、ゆっくりと、じいちゃんが教えてやるからな。さあ、海へ行こうか」

ジュニアが大声を上げて、徹雄の身体にしがみついた。

紀和子とジュニアが、徹雄の家に来るときは、いつの間にか海辺までの道は、徹雄とジュニアの恒例の散歩コースになった。村の道を、ジュニアの手を引いて歩くと、村人たちが二人の元へ駆け寄ってきた。

「可愛い……。紀和子の子供でしょう」

「本当に可愛いね。あれ、耳たぶは、おじいに似ているさ」

村人たちは、ジュニアを抱き上げて離さない。おじいに似ていると言われると、自分のことかと戸惑いながらも、やはり嬉しいような恥ずかしいような気分になる。そう思ってジュニアを見ると、目元や唇や、顎の辺りまで自分に似ているような気もする。いつしか、徹雄の心にも、一緒に散歩するわだかまりは消えてしまっていた。紀和子に対する思いは、まだ複雑なままだが、頼ってくる娘を断ることは出来ない。

父の写真を届けてくれたリチャード親子は、別れの際に、徹雄の肩を抱いて言ってくれた。

「アメリカに、家族が出来たと思ってくれ。いつでも訪ねてきていいよ。歓迎するよ」

リチャード親子は、ミシガン州の出身だと言っていた。とても寒い所だと言っていたが、ジョージの故郷、アトランタからは遠いのだろうか。アトランタにも、もうすぐ一つの家族が出来るのだ。

徹雄は、海に行くために、いつものように、ジョージ・ジュニアに手を引っ張られるようにして立ち上がる。

「ジョージ……。今日は、出掛ける前に、ウートートゥしようか」

「ウートートゥ？」

「そうだ、ウートートゥだよ。ご先祖様の前に、手を合わせるんだ。みんなの幸せと、パパの無事を祈ってな」

ジュニアの傍らで、紀和子が少し説明している。

「オーケー。ボク、ウートートゥするよ」

ジュニアが明るい笑顔で、徹雄から線香を受け取る。

「お前は、本当にお利口だなあ。いい子になれよ」

徹雄は、本当にそう思って、祈りたいと思った。

ジュニアを抱えて香炉に線香を立てさせた。それから、仏壇の前にしゃがんで、手を合わせた。いつの間にか、背後に妻の邦子も、娘の紀和子も、畏まった顔をして座り、手を合わせて祈っている。どうして、ウガンをする気になったのかは分からないが、なんだか、目頭が熱くなってきた。

「ちゅらちゅらあと、やふぁやふぁとどお……」

紀和子が幼いころ、叱りつける徹雄に向かって、母のマツが話していたそんな言葉が、仏壇から聞こえてくるようだった。徹雄は、そんな感傷的な思いを悟られぬように、ジュニアの手を引いて外に出た。

太陽は、すでに西に傾き始めていた。海面が魚の鱗のように輝き始めている。ジュニアは、すぐに靴を脱ぐと、波打ち際に走り出した。大きな歓声を上げて波と戯れた。

ジュニアの足元から水平線の彼方まで、きらきらと輝く黄金の道が出来ていた。沈んでいく太陽から放たれる光の道だ。徹雄は目を細めてこの道を眺め続けた。この海で、父は漁師をして、俺たちを育ててくれたんだ。

「グランパ、ウミンチュ、ウミンチュ」

ジュニアが駆け寄って来て、徹雄の手を摑み、海を指さして一緒にウミの中に入ろうとせがんだ。

「ボク、ウミンチュになる。ボク、大きくなったら、ウミンチュになるよ」

徹雄は、思わず、ジュニアを抱き上げて叫んだ。

「よーし、立派なウミンチュになれよ。死んだら駄目だぞ。死んだら夢が叶わないぞ。いいか、お前は、戦争で絶対に死んではいかんぞ。戦争なんかしたら駄目だぞ」

徹雄は、もう一度ジュニアを高く抱き上げた。

ジュニアにも徹雄が言っていることが分かったのだろうか。青い目をくりくりと動かしながら、大きくうなずいたように思った。

徹雄は、ジュニアを抱えて海に向かって歩き出した。この島の記憶は、ジュニアに残るだろうか。ふと、そんな感慨が沸き起こった。徹雄の目前に、風波が立った。

「サカナ、サカナ、グランパ、サカナ……」

「サカナって……。ジョージ、お前、サカナって言えるようになったのか。エライぞ、ジョージ」

徹雄は興奮を抑えきれず、ジュニアが指差す方向に目を凝らす。一瞬、目前の海面が弾けて、ピシャッと、一匹の魚が飛び上がった。

「サカナだ！」

徹雄とジョージは、声を合わせて叫んだ。海面は金色に輝やきながら、やはり一本の道を水平線の彼方まで造っている。水平線は、赤い夕焼けに染まり始めていた。

第四話

K共同墓地死亡者名簿

1

母は、死ぬとき、私にこう言った。

「父さんが、亡霊になって……、現れる筈だからね。父さんの話しを聞いてやって……。頼んだよ……」

もちろん、私は、そんなことを信じなかった。また、信じられなかった。しかし、母の遺言どおり、父は、母の七七忌の法要を済ませた後、突然私の前に現れるようになった。

私は、そのころには、すっかり母の言葉を忘れていたし、また母の言葉を半分以上は疑っていたので、もちろん驚いた。夢ではないかと疑った。しかし、確かに現実だった。

亡霊の父は、普段着のままで、多くは私に背中を向けて仏間に座っていた。仏壇を見上げたり、庭に顔を向けているときもあったが、肩を落とし、頭を下げ、うなだれていることが多かった。

母は、「父さんの話しを聞いてやって……」と言ったが、父は、何も語らなかった。その点については、母の遺言どおりではなかった。亡霊は、父であることには間違いないが、私が近寄ると、いつの間にか姿が消えた。

父の亡霊は、頻繁に現れたというわけではない。一月《ひとつき》や二月《ふたつき》に一度現れることもあれば、一週間に一、二度現れることもあった。しかし、現れるときは、いつも突然だった。なんの前触れもなかった。部屋の片隅に、蹲《うずくま》るように座り込んでいたが、時には、庭の蜜柑《みかん》の木の前に立ち、高い梢を見上げていることもあった。それは、昼夜を問わなかった。

私は、そんな父の亡霊に、恐怖だとか不気味さを感じたことは一度もなかった。むしろ、父の姿は哀れで、可哀想だった。父は無言のままではあったが、必死で何かを訴えているようだった。そのことは分かったのだが、何を訴えているのかは分からなかった。

母の死から、数か月が経過しても、事情は変わらなかった。父の亡霊と出会ってから、数年経っても、父の周りに漂っている悲しみのようなものの実体は分からなかった。父は、なぜ私の前に姿を現すのか。亡霊にまでなって、何を訴えたいのか……。父が言葉を失っているが故に、私にもその理由を、定かに言い当てることは困難だった。

父は、戦争が終わってから四年目の暮れ、私が十六歳を迎えた年に、風邪をこじらせて死んだ。五十六歳だった。母は、取り乱して泣き、戦争をくぐり抜け生き延びてきたのに、あまりにもあっけない死だと嘆き悲しんだ。

しかし、私は、それほど驚かなかった。父は早くに死ぬのではないかという不安に、いつも取り憑かれていたからだ。その不安は、もっと正確に言えば、確信のようなものでもあった。

父は身体が弱かったし、床に伏すことも多かった。いつも咳をしていて、体は痩せ衰え、頬の肉も削げ落ちていた。決して健康とは言えなかった。戦争前には、肋膜炎と診断されていた。今で言う肺結核の可能性が高かったのだが、特に病院へ治療のために通うわけでもなく、戦争に往くこともなく戦後を迎えた。

そんな父が死んだのは、父の唯一の肉親である伯父が死んだ翌年だった。父は、なんだか死ぬべくして死んだ。そんな思いが強かった。私は、数年も前から、父の死を覚悟していたような気がした。父の死を迎えても、なんだか、死は特別なものではなく、そうかといって、現実の出来事のような気もしなかった。

父を喪った悲しみが、大きな悲しみとして溢れてきたのは、「K共同墓地死亡者名簿」を作成していたときの父の姿を思い出したからだ。父は、背後から私を抱きかかえるようにして、名簿の中の一人一人の死者の名前を指さし、声を上げて読み続けた。そのときの父の息遣いが、私の脳裏に蘇り、胸を熱くさせたのだ。あるいは、それが、父が亡霊であり続ける理由かもしれないと思ったことも、何度かある。

父の息遣いが聞こえたのは、父が作成していたその名簿を、母が夜遅くまで起きて、書き写している姿を見たときにも、私を襲ってきた。母もまた、私と同じように父の息遣いをどこかで聞いたのかもしれない。父も母も、確かに得体のしれない息遣いのようなものを、私に伝えて死んでいったような気がする……。

2

母は、死を迎える床に伏すようになってから、藍色の風呂敷に包んだ名簿を、いつも枕元に置くようになった。そして、ときどき私を呼び寄せては、風呂敷をほどき、名簿を取り出してみせた。

「登喜子《ときこ》……、父さんはね、この名簿作成に、一所懸命だったんだよ……。父さんはね、私にこの名簿をしっかりと保管しなさい、と言って死んでいったの……。あんたも分かっているよね……。それをまた同じように、私があんたに伝えるなんてね。なんの因果かね……」

そうだった。父から母へ託された遺言が、まったく同じように母から私へ託されたのだ。生前の母は、父の遺言をそれこそ一所懸命に守っていた。私もまた、今そのようにしている。記憶に残る父もまた、そのようにしていた。K共同墓地周辺の草を刈り、訪ねて来る遺族を、丁寧に墓地へ案内していた。私の行為は、父が行い、母が行ってきた行為を真似ただけのものだ。

「私はね、登喜子……。字も十分に書けなかったのよ。それなのにね、父さんの名簿を書き写しているうちに、いつの間にか字も覚えて、スラスラと書けるようになったさ。父さんの気持ちも、なんだか分かるようになっていたよ」

母は、そう言って、父から譲り受けた「K共同墓地死亡者名簿」を、私に見せたのだ。

父の作った名簿は、薄手の大学ノートに記されていて、全部で五冊あった。紙面の縁《ふち》は、少し黄ばんで変色しており、ところどころ破れてもいた。インクの文字が滲み出て拡散し、解読不能な箇所もあった。インクだけではなく、時には鉛筆で書かれている箇所もあり、紙面に埋もれるように文字が薄く消えかかっていた。

母は、遺族の手垢が染みつき、涙の歳月で色褪せ、破れかけたノートを、いつのころからか、書き写し始めていた。母も、また父と同じように、薄手の大学ノートを使っていた。父の文字は、右肩が上がり、下の文字へと流れるように繋がっていたが、母の文字は、なんだか、撥《は》ねるように刻まれていた。母の文字は終筆に特徴があり、力を込めて、一字一字を、丁寧に刻んだように思われた。

戦争中の私たちのG村には、米軍の野戦病院があり、捕虜収容所があった。そこでは、次々と死者が出た。その死者を埋葬するための名簿が、父が作成した「K共同墓地死亡者名簿」である。

当時、私は十二歳だった。四人姉兄の一番末っ子で、次姉と私との間には、兄が一人いたが、戦争直前に病死していた。十五歳だった。

墓地に埋葬する死体を私が最初に見たのは、赤ちゃんの死体だ。粗末な布切れにくるまれた小さな死体だったが、まるで木の葉のように干からびた小さな足が、片方だけ指先を広げてはみ出していた。

「アイエナー（ああ）、アイエナー……」

母親らしき女が、言葉にならないような悲鳴を漏らしながら、絣《かすり》模様の入った紺色の着物の袖で、盛んに涙をぬぐっていた。

父と伯父は、遺体を埋葬する坑《あな》を掘っていた。それが当時の二人の仕事だった。来る日も来る日も、その坑を掘り続けていた。

私が、父の仕事場に出掛けたその日も、一つ目の坑を掘り終わって、いよいよ遺体に土を被せるというそのときだった。一端、土坑に降りていた女が、突然、赤ちゃんを抱いたままで、気が狂ったように坑から駆け上がってきたのだ。くるんでいた布切れが剝《は》がれていたが、女は一切構わずに赤ちゃんを抱えて逃げ出したのである。それを、痩せた父と伯父が追いかけて捕まえた。

父と伯父は、女をなだめ、赤ちゃんを奪い返して、再び坑に降りていった。その父の背後から、私は、赤ちゃんの白い死体を覗き見たのだった……。

遺体は、隣接する野戦病院から、次々と運び込まれてきた。父と伯父は、来る日も来る日も遺体と対面していた。時には、数人の村人たちも一緒になって、ススキが生い茂る原野の一角に坑を掘っていた。垂直に幅広く川のように大きな溝を掘り、それから横に並べるように遺体を寝かせる小さな坑を掘っていた。まるでソテツの葉のように墓穴が対をなして並んでいた。みんな一所懸命だった。

しかし、それでも坑を掘る作業は、いつも遅れていた。死者の数は、それほどに多かったのだ。その数に間に合わせるために、同じような埋葬地が、G村だけでなく、近くの村々の原野にも次々と作られていた。

私は、その日を境にして、終日、父や伯父たちが、坑を掘り、遺体を埋める作業を見つめていた。そして、不思議なことだが、だれも、そんな私を追い払うことはしなかった。ときには私も、坑を掘る作業を手伝った。

そのころ、沖縄戦は、ほぼ終息していたが、戦火は未だ完全には消えていなかった。遊び相手のいない私が、一日を過ごす場所は、あるいは父や母の隣にしかなかったのかもしれない。幼い私にとって、最も安全な場所は、父や伯父や、時には母もが坑を掘っている死体埋葬地だったのである。

3

父は、K共同墓地に埋葬する死亡者の名簿を、どのような経緯があったのかは知らないが、最初から作成することを思いついていたようだ。人手の少ない時期に、遺体を埋葬する作業だけでも労力のいる大変な作業なのに、あえてそれを行ったのだ。

名簿は、氏名や年齢、本籍地などを調べて一覧表にして、通し番号が付されていた。その名簿だけでなく、父には、さらに一人一人の死の詳細をも記録する意図もあったようだ。一覧表にした名簿とは別冊にして、死者の死亡原因や、戦死地、あるいは生前の様子などの記入が試みられた名簿もある。

父が、なぜ、このような作業にまで手を広げていこうとしていたのかは分からない。ただ、私にも、このような作業が困難であっただろうと思われる具体的な場面を、何度か目撃したことがある。今に至って、思い当たるのだが、父は、よく人々に殴られては、地面にはいつくばっていた。たぶん、だれかれなしに、しつこく死者の身元や原因を尋ねて、煙たがられていたのだろう。

村人だけでなく、野戦病院の医者や米兵、さらに日本軍の捕虜や民間人の収容者からも、死者の身元を、しつこく尋ね回っていた。

「お前はスパイか」

「そんなことをしたって、飯の種にはならんぞ」

「やめとけ。死んだ者は生き返らん」

父は、周りの人々から口汚く怒鳴られていた。また、激しく突き飛ばされ、土の上に四つんばいになり、口から血を流している父の姿を見たこともある。もちろん、無視され、邪険にされることも多かった。それでも、父は、あきらめずに、黙々とその作業を続けたのだ。

伯父は、当時、G村の区長をしていたから、たぶん、米軍の野戦病院から、埋葬作業を依頼されたものと思われる。

伯父は、父と諮《はか》り、村人たちと一緒になって、その作業を行ったのだ。ただ、健康で屈強な若者たちは、皆、戦争に取られていたから、坑《あな》掘り作業は、村に残った年寄りと女たちだけで行われることが多かった。ときには、捕虜収容所から痩せた男たちがやって来て、手伝うこともあったが、多くは、伯父と父だけの作業であった。いずれにしろ、二人の坑掘り作業は、毎日、毎日、止むことなく繰り返されていた。

G米軍野戦病院の死体安置所からは、次々と死体が溢れ出ていた。周辺の村では、父や伯父たちが作ったK共同墓地のように、新しい墓地がいくつか作られてもいた。それでも、間に合わなかったのだ。病院の死体安置所には、病院での死者だけでなく、戦地からの死者も次々と搬送されていた。

父たちに依頼された作業は、遺体を埋葬する、そのことだけであったはずだ。実際、他の埋葬地では、名簿らしきものは存在しなかった。あったとしても、氏名だけを記入した簡素な名簿だった。

それは、無理もないことだった。同胞の死体を次々と埋葬する、その作業だけでも辛く苦しく、肉体や精神の限界をも超えていく作業であったはずだ。

当初は、名簿を作るという父の行為を、村人たちは賛成していなかったように思われる。坑を掘るという作業が、滞ることもあるからだ。実際、父は身元が判明するまで、葬ることを差し止めることもあったようだ。そんな父と、遺体の腐乱が進まないうちに早く埋葬しようとする村人たちとの間には、軋轢《あつれき》もあったようだ。

しかし、やがて、そのような軋轢も消えて、村人たちの間にも、なにがしかの使命感が芽生えていったように思われる。皆が力を合わせて、その仕事に取り組んでいた。名簿を作るというその行為に協力する者さえ出てきた。

私の記憶の中の一つに、父が夕日に照らされながら小さな墓標を立てている姿が浮かんでくる。一人一人の遺体を埋めた場所に、父は、手作りの墓標を立てたのだ。板面だけではなく、多くは丸太木を削って、墨で黒々と死者の名前を記しただけの質素なものだった。

私は、父が庭先で丸太木を削り、墓標を作っている姿を何度も見たことがある。否、それが、当時の日常の風景だった。

　埋葬地には、日を重ねるにつれて、そんな墓標が増えていった。それは、男の子たちが遊んでいた竹馬の杭《くい》が並べられて、土に突き刺さったようにも見えた。しかし、時には、土の中から死者たちの腕が、ニョキニョキと芽を出して、空しく空を摑んでいるようにも見えた。

4

　たぶん、父はそのとき、泣いていたのかもしれない。私も振り返って父の顔を仰ぎ見ることが出来なかった。しかし、父の悲しい息遣いは、私の身体の全部で、しっかりと感じ取ることが出来た。

「父さん……、名簿を作るのに、どうしてそんなに、一所懸命になるの?」

　たぶん、私は、そのように父に尋ねたのだ。父が村人や、テント村の人々に殴られる姿を見て、痛々しく思ったのかもしれない。あるいは、身体の弱い父が、夜遅くまでランプの灯りを頼りに名簿を作成することは、さらに身体を痛めることになるのではないかと、不安になったのかもしれない。実際、父は、机を前にして、咳込むこともあったからだ。もう、そんなことは止めてもらいたい。そんな願いをも込めた幼い私の、素朴な質問だった。

父は、私の言葉に、振り返って私を見た。

父は座卓の前に座り、ランプを灯し、ペンを握っていたが、振り返った顔は、笑みを浮かべながらも奇妙に歪んでいた。それから手に持ったペンを置き、丸い眼鏡を外して右手で眉間《みけん》を揉んだ後、その手で、私を手招きした。そして、私を膝の上に座らせるようにして、背後から抱きかかえ、座卓の上に広げた書きかけの名簿を見せた。

「登喜子、よく見るんだよ……」

父は、私の背後から、震えるような声を発して頁をめくり始めた。父は、私の質問にも優しく答えたはずだ。しかし、どのような答えだったか、今は、もう思い出すことが出来ない。

父は、私のいくつかの質問に答えた後、名簿を捲りながら、一人一人の死者の名前を丁寧に読み上げた。年齢、死亡年月日、本籍地等を、いつまでも読み続け、止めようとはしなかった。

どのくらいの時間が経過したのだろうか。そのとき、父は泣いていたはずだ。父の熱い息遣いと、紙面の上の名前をなぞる指先の震えを、私は忘れない。私も、いつの間にか肩を震わせて泣き出していた……。

父が、私の質問に答えてくれた理由は、とても大切なことだったような気がする。同時に、とても悲しい理由だったようにも思う。だが、私は自分の涙を、父に感づかれまいとして、そのことに気を遣い過ぎていた。父が語った名簿を作成する理由を、漠然としか思い出せない。あるいは、思い出したとしても、それは、後日、自分で作り上げた理由のような気もする。

私は、もう一度、そのときと同じ質問を、父の亡霊にしたことがある。しかし、父は答えてくれなかった。あるいは、あのときも、やはり答えては、くれなかったのかもしれない。あのとき、父はどのような表情で私の言葉を聞いていたのかは分からない。

父は、死者の一人一人の名前を私に読み聞かせた後も、相変わらず伯父と一緒に坑を掘り続けた。そして、遺体の身元確認に奔走した。

父の毎日は、そのような作業で埋め尽くされていた。そして、日が暮れると、座卓に座り、丸い眼鏡の縁を摑みながら、ペンを握りノートを清書した。ノートには、日ごとに死者の数が多くなりページが増えていった。その分だけ、父の悲しみも増えていったはずだ。

5

沖縄戦当時、父は五十二歳で、母は四十五歳。長姉の和子が二十一歳、次姉の文子《ふみこ》が十八歳。兄の健一は、米軍が沖縄に上陸するその前の年に、十五歳で死んだ。

次姉の文子は、名護《なご》にある三高女へ入学、父も母もその将来を楽しみにしていたが、入学後、戦争のただ中で女子学徒隊が結成されて従軍、八重《やえ》岳の攻防戦で戦死した。

長姉の和子は、村に設営された米軍のG野戦病院で働いたが、二世の兵士ダグラス・ナガミネに見初められ、結婚してハワイへ渡った。戦後、父母の元には、私だけが残った。

父は、伯父と二人だけの男兄弟で、親戚は少なかった。両親はすでに亡くなっていたし、伯父と父は、七歳も年が離れていた。

父も伯父も長身で、同じように上半身を折るように背を屈め、いつもゆっくりと歩いた。二人とも痩せていた。一人で歩いているときもそうであったが、二人で歩いていると、その特徴が際だって浮かび上がり、二本の枯れ木のようで、なんだか痛々しかった。実際、村人たちは、二人のことを「イサトゥヤッチー（カマキリのように痩せたおじさんたち）」と呼んでいた。

父と伯父は、村人にどう呼ばれようと、とても仲が良かった。口論する姿を、一度だって見たことがなかった。二人とも、頑固であったが、いつもにこにこと笑い合っていた。もちろん、共同墓地の埋葬作業をするようになってからは、笑顔が少なくなり、次第に寡黙になっていた。

たぶん、伯父が、その墓地を設営し、遺体を埋葬する責任者であったと思う。父は、伯父に協力し、死亡者名簿を作成し、墓標を作ったのだ。

もちろん、このことは、二人の間で話し合って決めた役割分担であったのだろう。伯父は、坑《あな》を掘る人々を集めるのに多く苦労をしていたし、父は、名簿を作成するのに多く苦労をしていた。

伯父は、時々、家へやって来ると、必ずと言っていいほど、父の作成している名簿に目を通した。そして、父と何やら熱心に、名簿を見ながら話し込んでいた。

村人の墓は、先祖代々、海岸線の丘陵地に作られていたから、K共同墓地は、村人の遺体を埋葬する場所ではなく、米軍の野戦病院で死亡した人々を埋葬する場所だった。もっと正確に言うと、K共同墓地は、戦場で負傷した兵士や疲弊した民間人が、野戦病院を経て、遺体となって埋葬される墓地だった。

一時期、野戦病院は、兵士や民間人を治療する場所ではなく殺す場所ではないかと、まことしやかに噂が流れていた。それほどに、人々は次々と死んでいった。たぶん、だれもが戦場での疲労が極限に達し、致命的な負傷を負ってここに送り込まれていたのだろう。生と死の端境にいて、ボロボロに疲弊していたのだ。

戦争前夜は、だれもが極度の緊張に囚われていたように思う。兄の健一は、父によく逆らっていた。父は頑固だったが、兄も一徹だった。たぶん、戦争に関する意見の衝突だったと思う。父と兄の対立だけでなく、父と村人たちの間にも、戦争を巡る対立は、頻繁にあったように思う。

もちろん、私には、だれが正しくて、だれが間違っているなどということは分からなかった。話されている内容も、ほとんど理解出来なかった。それでも、父や兄の感情的な対立は、手に取るように分かった。

「分からん人たちだなあ……」

父は、村人たちとの口論の輪から帰ってくると、いつも興奮を抑えきれない様子で顔を赤らめて、ぶつぶつと独り言を述べていた。その後、深く黙り込んだ。それがいつものパターンだった。

兄の健一は、父と口論すると、私の前で、よく不満を漏らした。

「父さんは、どうして俺が御国のためにご奉公する事を、許してくれないのだろう。本当に頑固だよ、父さんは……」

兄は、父の悪口を言いたいだけ言うと、武芸の稽古だと言って、家を飛び出して友人たちの元へ駆けて行った。

「敵軍を殲滅《せんめつ》するための秘密の訓練だ、女子供には分からない」

兄は、大人びた口調で私を蔑むように見て、肩を怒らせて出掛けていった。

父も、兄と口論をした後は、村人と口論したときと同じように、よく母に憤懣をぶつけていた。何度か、その憤懣を聞いたことがある。

「あいつは、だれに似たんだろう。頑固で、手におえん。この世に、正しい戦争があると信じている。そんな戦争なんか、どこにもないんだ。戦争になると、必ず人が死ぬ。砲弾は、人を選ばないんだ……。まだ、十五歳だというのに、なんでこんなに頑固になったんだろう……」

もちろん、兄は、容貌も頑固さも、一番に父に似ていた。母は、たぶん、父や兄の愚痴を聞いても、何も語らなかったはずだ。ただ、黙って父や兄の言い分を聞いていた。

兄が、死んだのは、それこそ突然だった。友人たちと一緒の武芸の稽古から帰って来た夜、頭痛を訴えて寝込んだ。それがなかなか治らずに、やがて高熱が続き、うなされながら死んだ。隣の金武町の病院から、医者も往診に来てくれたのだが、駄目だった。直接の死因は肺炎だと、医者には言われたと思う。

兄を喪った父と母の落胆は大きかった。一人息子であっただけに、父と母に寄せる村人たちの同情も大きかった。結局、兄の夢は叶わなかった。飛行機乗りになって、特攻隊員になるのが兄の夢だった……。

戦争が終わってから、父が死に、母と二人だけの生活になったが、母は兄の死については、多くを語らなかった。それは、父の頑固さをも通り越していた。なんだか、兄の死に、秘密が隠されているのではないかと疑わせるほどに、異様な沈黙だった。

私が、兄のことを、懐かしく思い出して話し出しても、母は、すぐに涙を浮かべ、その話を遮るようにして席を立った。仏壇の前で香を焚き、位牌に手を合わせた。私も、そんな母の涙を見たくないばかりに、兄のことを、だんだんと尋ねなくなっていった。

兄は、わずか十五歳で、私たち家族の記憶から、慌ただしく消えていった。それが戦争なんだとも思った。

6

母が、埋葬地へ案内した遺族は多数いた。そのだれもが、父の生前の奮闘ぶりを知っており、父に感謝していた。そして、だれもが墓標の前で崩折れるように膝をついた。

「アイエナー、お父よ、お父……」

遺族は、涙を流し、悲鳴を上げながら過去を蘇らせた。

父が立てた墓標は、ほとんど朽ちかけていた。文字も、読みづらかった。遺族は、そんな墓標に縋《すが》るようにして頬を付け、手で愛撫した。

母は、新しい墓標を作ろうとはしなかった。

「墓標を立て換えるとね、なんだか父さんが、ここから、いなくなってしまうような気がしてね、寂しいのよ……。ここは父さんが、作った場所だからね。父さんの魂が、墓標に宿っているような気がしてね、立て替えることが出来ないのよ……」

母は、そんなふうに言っていた。もっとも、母は、墓標の中に消えかかっている文字のすべてを、記憶の中に貯えているようでもあった。

また、父のノートには、埋葬地の見取り図も記されてあり、それを見れば、遺体の埋葬場所も容易に確認出来た。

遺族の多くは、母を訪ねて来て、この地図を母と一緒に開き見た後、母に案内を乞うた。そして、墓標に縋《すが》るようにして泣き崩れるのだった。

父の書いた死亡者名簿を、母が持っていることは、いつの間にか、見知らぬ多くの遺族の間に知れ渡っていた。また、村人の多くも、そのことを知っており、突然、来訪した遺族に墓地を尋ねられると、母の元にやってきて案内を依頼した。

母と一緒に、私もよく遺族を案内した。遺族は、遠い過去を思い出しては、母だけでなく、娘の私にも感謝の言葉を述べて、手を取り、礼を述べた。

「あんたの、お父がね、私を慰めてくれたんだよ……。子供を喪ってシイ（精）が抜けてしまってねえ……。戦争に行ったお父にも悪いし、もう死んでしまおうかねって思ったんだけどね……。あんたのお父に励まされたんだよ。収容所にいる私のところにもよく足を運んでくれてね……。あんたのお父に励まされなければ、私は今ごろ、生きてはいなかったはずよ……」

遺族の多くは、女の人たちだった。夫をイクサで亡くしただけでなく、子供たちをも亡くしたのだ。

また、遺族のなかには、焼香するだけでなく、ユタ（巫女）や、家族と一緒にやって来て、遺骨を掘り当てて、持ち帰っていく人々もいた。もちろん、父も、そうであったが、母も喜んで肉親の元に遺骨を返した。父も母も、そのためにこそ、この埋葬地があったのだと告げていた。

野戦病院で病死した夫を、父と共に葬り、その遺骨を掘り当てに来た老いた妻は、見つけた遺骨を胸に押し当てて、いつまでも泣き続けていた。生前の夫の姿を思い出したのか、いつまでも立ち去ろうとしなかった。

「アイエナー、お父……。お父よ……」

遺骨は、多くは、もう土色に変色していた。幼い子供たちの遺骨は、手に取ると脆くて崩れそうでもあった。

「あんたのお父がね……、名前を書いた赤瓦を、私の夫の胸に抱かせてくれてね、丁寧に葬ってくれたんだよ……。あんたのお父は、ジンブンがあったんだね。遺骨がどれか、分からなくなると困るといってね。名前を書いた赤瓦も一緒に入れたんだよ。赤瓦は、私だと思って、仏さんも抱きしめてくれるはずよ。寂しくしないはずだよって、冗談も言ってね、優しく励ましてくれたんだよ……」

老いた妻は、頭蓋骨に付いた土を払い、頰を擦り寄せて、つぶやき続けた。一人で悲しみに耐え続けた歳月が、頭をよぎっているのだろう。

「お父……、やがて一緒になれるよ。私も、もうすぐ、お父のところに逝くからね。よかったね。待っていてよ。上等な墓も作ったからね。あの世で、一緒に暮らそうね……」

私は、そんな遺族の様子を、いつも涙をこらえながら、見守っていた。歳月は、決して人の心を変えることはない。そう思って、そんな人々の耐えてきた日々を、心に思い描いたのだった。

7

赤い瓦の墓標のことも、イサトゥヤッチーと呼ばれた父と伯父が考え出したことだろう。

瓦の裏面に死者の名前を墨で書き、その瓦を懐に抱かせるようにして埋葬するのである。墓地や墓の区別がなく、遺体を並べるようにして埋葬するのだから、数十年も経てば、きっと遺骨の区別がつかなくなる。それを見越した措置だったのだろう。

死亡者名簿には、別冊として、遺体を埋葬した場所の見取り図をつけたのも、そのような懸念があったからだろう。父と伯父は、最初から、ここは仮の墓地として考え、埋葬したのだ。

父と伯父が赤い瓦に託した思惑は、見事に達成されたと言っていい。地上の丸太木の墓標と違い、多くは、黒々とした文字がそのまま刻まれたままで表れて、遺骨は回収された。赤い瓦の墓標は、遺骨を抱えるように、あるいは遺骨に抱えられるようにして、共に土の中で歳月を刻んでいたのだ。

父は、戦後も戦前と同じように、農業一筋に仕事を続けた。少し違うことと言えば、戦前はサトウキビ一辺倒だった畑に、ジャガイモを植え、キャベツなどの野菜を植え始めたことだ。母もまた、父と苦楽を共にした。父の元へ嫁いだ戦前と同じように、共に汗を流し、畑を耕した。

父は、それほど広い土地ではないが、先祖から分け与えられた土地を有していた。年の離れた伯父と分割した土地は、十分とはいえないまでも、食べていくのに困ることはなかった。働けば働いた分だけ、土地は応えてくれた。

父も母も、国民学校に改編される前の尋常小学校を卒業しただけだった。父と母は七つも年が離れていたが、それぞれに互いを尊敬していたように思う。父は、好んで新聞や雑誌に目を通していたし、母も父の傍らで、父の話をうなずきながら聞いていた。

父と母は、戦死した姉や病死した兄を祀った先祖の墓に詣《もう》でると共に、戦争中に死者を埋葬したK共同墓地にもよく出掛けた。辺り一面の草刈りや清掃などにも気を配っていた。

清明祭のころになると、父や母だけでなく、G村の人々全員が、K共同墓地周辺の草を刈り、清掃をするようになった。それは、やがて村の恒例の年中行事になって続いた。

父の唯一の肉親である伯父が死んだとき、父の悲しみは大きかった。伯父の遺体に縋《すが》りつくようにして夜を明かし、別れを惜しんだ。父は、その翌年、伯父の後を追うようにして死んだ。

父が死んだとき、母は、父が伯父の死に際して見せた悲しみと同じように、嘆き悲しんだ。母の悲嘆は、私にも手に取るように分かった。

父の臨終の際には、母と共に私も枕元に座した。私は、十六歳になっていた。父は、懸命に母に繰り返していた。

「……K共同墓地のことは、よろしく頼むよ……。死亡者名簿も、紛失してはいけないよ。文字が見えなくなったら、書き写してくれ。遺族の訪問には、精一杯の誠意で、応えるんだよ。頼むぞ……」

父は、たぶん、そのようなことを、何度も言っていたはずだ。母は、目に涙を溜め、嗚《お》咽《えつ》をかみ殺しながら、父の身体を両手で撫で続けた。そして、何度も何度も、うなずいていた。

父は、母の傍らに座る私にも、細い手を伸ばしてきた。骨と皮だけのようになった細い指先で、躙《にじ》り寄った私の手を握り、一瞬、微笑むような爽やかな表情を見せて息絶えた。

父は、享年五十六歳。父の死は、まだ若いと思われたから無念な思いにも囚われたが、若いころから病と闘い続けてきた父の痩身の身体は、もうボロボロになっていたのかもしれない。

母は、父の七七忌が済むと、父の遺言どおり、父のノートを書き写し始めた。さらに、共同墓地を訪れる遺族の世話を精一杯行った。

母は、父のすり切れたノートを睨《にら》みながら、鉛筆の芯を嘗《な》め嘗め、父と同じように、夜遅くまで机に向かい始めたのだった。

8

「ハーイ、登喜子、元気にしている?」

姉の和子は、そう言って、いきなり私に抱きついてきた。那覇国際空港の送迎門へ出てきた姉は、一段と太ったようにも思われた。

今では、私と姉だけが、残された家族だ。姉は、父の三十三年忌と母の十三年忌を営むためにハワイからやって来た。正確には、三十三年忌は、父だけでなく、兄の健一と次姉の文子とを併せて行うものだ。三十三年忌が済むと、魂はあの世へ帰っていくと言い伝えられていて、死者を弔う最後の盛大な法事だった。

姉には、それだけに、どうしても帰ってきてもらいたかった。姉もまた、どうしても帰ると言い続けていた。

「登喜子叔母さん、コンニチハ」

姉の娘のジュディと、そのボーイフレンドも一緒だ。姉は、母が亡くなった時以来の帰郷だから、十三年ぶりになる。ジュディは、もう二十歳になっただろうか。

姉は、いつでも明るく快活だった。ハワイに行っても、その性格は変わらなかった。車の中でも、ずーっと喋り続けていた。

姉を迎える車は、伯父の孫娘の江利子が申し出て運転してくれた。姉は、ひとしきり江利子に、挨拶やら、お世辞やらを言った後、また私に向かって、父や母の思い出を話し始めた。

「……あのときの父さんには、ホントびっくりしたよね。私は、当然、反対されると思っていたからね……」

あのときとは、姉がダグラスとの結婚の意志を父や母に告げたときである。

「父さんが、素直に私の結婚を認めてくれるなんて、思ってもみなかった。私は、ひょっとしたら殺されるかもしれないと思っていたからね。緊張のあまり、喉がカラカラになっていた……」

「殺されるなんて、ちょっとオーバーよ……」

姉は、父さんの思い出を語るたびに、そのときの様子を持ち出してくる。よっぽど嬉しかったに違いない。

「オーバーなんかじゃないよ。戦争は終わっていたけれど、まだ、鬼畜米英っていう感じだったからねえ。私は敵国の男と結婚するんだから、やっぱり大変なことになるんじゃないかと、心配だったんだよ……。でも、父さんは、頑固だったけれど、そういう点は、割と進んでいたからね。理解があったんだよ。私はハッピイだった。今でも、ハッピイだよ……」

姉は、身体を揺すりながら大きな声で笑った。

姉は私の所に泊まったが、娘のジュディとボーイフレンドは恩納《おんな》村のビーチのホテルに宿をとった。ジュディは、車を降りる際、私の頬に接吻して言った。

「私たち、この秋までには、結婚することになると思うの。叔母さんも招待するから、是非、ハワイへ来てね」

ジュディは、幸せそうな笑顔を見せて、私を誘ってくれた。

私は、お祝いの言葉を述べ、感謝の言葉を述べた。でも、実際のところは、若い二人の態度に面食らっていた。

二人は、いつも手を絡ませ、後の座席で肩を抱き合っていた。時には頬を寄せ合いキスをしていた。結婚もしていないのに、こんなに開けっぴろげな交際でいいのかと、不思議だった。

「この子は、私の悪い性格をみんな受け継いだみたい。ノーテンキ（楽天家）でアッパッパー。どうしようもないわ」

私のそんな表情に気づいたのか、姉は、大声で笑った。

「でもね、二人は新婚旅行みたいなものだから、許してあげてね。実は、ボーイフレンドのお兄ちゃんが、この嘉手納基地に二年の任期で赴任しているの。ジュディたちは、そのお兄ちゃんへ会うのも、この旅の目的の一つなの。おじいちゃんの三十三年忌だというのに不謹慎だけれど……、分かってあげてね」

「いや、別に怒っているわけではないのよ。なんだか、私たちの若いころとは、まったく違うねって思って……」

「あら、そう？」

「あら、そうって……、そうでしょうが。違うの？　それともアメリカと日本の違いかしら？」

「そうねえ、あんたは、いつでも真面目にしていたからねえ。私は、そうでもなかったのよ」

姉が、再び声をあげて笑った。

ジュディの笑顔は、やはり姉が笑ったときの笑顔に似ていると思った。

ふと、姉の言葉に、二十歳のころにプロポーズをしてくれた男のことが、思い出された。

当時、私は、父を亡くして母と二人で暮らし始めていた。私は村の共同売店の売り子として働き始め、数年が経過していた。男は、村の幼馴染みで、そーっと付け文をされ、気持ちを打ち明けられた。

私たちは、すぐに恋仲になった。私も、その男が嫌いではなかったから、夢中になった。男の誠実な人柄は、むしろ私には、もったいないほどだった。

男は、付き合って数か月後、予想通り私にプロポーズをした。そして、本土で就職したい、一緒に行こうと私を誘った。本土で就職することは、予想していなかった。

「俺は、六人兄弟の一番下だから、割と自由なんだ。本土で働いて、仕送りをして、両親を楽にさせたいといつも思っている。ここに残っても、仕事がないしな。俺たち兄弟で土地を分けても、俺の貰い分は、食っていけるほどの土地にはならないんだ……」

男は、そんな風なことを、やはり真面目に話してくれたと思う。

私は、プロポーズをされて、とても嬉しかったけれど、なんだか、男の話を聞いているうちに、だんだんと、本土へ行くために私にプロポーズしたのかと思われてきた。その疑問を口にすると、男は、そうだと答えた。

「一人では、何かと不自由だしな……。しっかりと家庭をもって、一所懸命働きたいんだ」

男は、目を輝かせて、そう言った。男は、自分に正直に話している。その正直さは、本土に行っても、きっと成功するための大きな力になるかもしれないと思った。

しかし、私は、だんだんと気が滅入っていた。私は、男が本土へ行って働くための準備の一つなんだ。そう思うと、少し、悲しかった。そんな気持ちの変化を、男は理解してくれなかった。

私は、乳房をまさぐる男の手を振り払って、しばらく考えさせて欲しいと言った。男は、会うたびに、私の唇を吸い、乳房を吸い、やがては下腹部にも手を触れてきた。私は、男の愛情を疑うようになっていたから、やはり、男を受け容れることは出来なかった。母一人残して故郷を離れることも出来なかった。

私に断られた男は、半年ほども経たないうちに、別の女と結婚式を挙げ、本土へ飛び立った。私は、その男と、結婚しなくてよかったと思った。なんともあっけない恋の終幕だった。

それから私と母の二人だけの生活が十六年間続いた。私が三十六歳のとき、母は死んだ。私には、二度と華やいだ噂も、出来事も起こらなかった。

9

「登喜子、あんたは父さんが、徴兵拒否運動をしていたこと知っていた？」

「徴兵拒否？」

「そう、徴兵、拒否。戦争へ行くことに反対することよ」

「初耳だわ。知らなかった……」

「あんたは、なんでも初耳だね」

「だって、父さんは徴兵拒否運動なんかしなくたって、病弱だったたし、年も取っていたでしょう？」

「ノー。父さんは自分のことだけでなくて、村の人たちをも、説得していたのよ」

「へえー、そんなことがあったの……」

「父さん、時々、村人に殴られていたでしょう。そのせいだよ」

「そうだったの……。私は、別な理由で殴られているのかと思った。でも、もしそうだとしたら、よく殴られるだけで済んだわね。あのころの言葉で言えば、非国民でしょう？」

「そうなのよ。それだけで、済んだのは、本当に不思議ね。それが、この村の不思議なところかもね……。警察にしょっ引かれても当然だからね……。どんな風に徴兵拒否運動をしていたのか……、私にも、そこのところは、よく分からないわ……」

私は、姉の言葉に少し動揺していた。なんと言えばいいのだろうか。父のことを知らなかったという事実と、父の徴兵拒否と死亡者名簿の作成とは、何か関係があるのだろうかという戸惑いである。

「あんたは、戦争のころは十二歳だからね、そのことを知らないのは、無理もないわよね」

姉は、そのとき二十一歳だった。

「父さんは、健一も戦争に行かせまいとしていたのよ。特攻隊の飛行機乗りになりたがっている健一を、いつも他のことに関心をもたせようと必死になっていたの……。まだ、ほんの子供なのにね」

なんだか、姉の言葉で、父さんの人生が一つの大きな流れにまとめられていくような感じがした。乱れていたたくさんの糸が、縒《よ》り集められて一本の大きな糸に結ばれていくようだった。

「父さんはね、やや現実離れしているところもあってね、相当なロマンチストでもあったのよ。死んだ文子のことだってね、恋人もいないのに勝手に村の青年を恋人に仕立て上げてね。自分でそう思い込んでしまってね。グソーニービチをさせるといって大変だったんだよ」

「グソーニービチ？」

「そう、死んだ者同士をあの世で結婚させることだよ。伯父さんに、うんと怒られていたけれどね。父さんは、文子が可哀想になったんだろうね。戦争で死んだ村の若者と、結局はグソーニービチを、させたんだよ……」

父も母も、私には何も語ってくれなかった。過去は、自分で尋ねようとしなければ蘇ってこないのだろうか。それとも、母は、そんなことは知らなかったのだろうか。

しかし、和子姉が知っているのだから、母も知っていたはずだ。あるいは、何もかもが、私に知らせるには、まだ幼すぎるし、荷が重すぎると思ったのだろうか……。

「姉さんは、健一兄さんのことも、何か知っている？」

「健一のこと？　どういうことなの？」

姉は、私の突然の問いかけに驚いたようだった。

私は、しかし、尋ねないではいられなかった。健一兄の死は、いつも腑に落ちなかった。突然の病での死は、考えづらかった。父の徴兵拒否運動と関係あるのだろうか。村の若者たちとの間にイザコザがあったのだろうか。あるいは、父が、強引に健一兄を死に追い込むようなことがあったのだろうか……。いずれも考えづらかったが、さまざまな疑問が渦巻いた。いつも、このことが、気掛かりだったのだ。

「父さんも、母さんも、健一兄さんのことになると、途端に黙り込んで、気が塞《ふさ》いでしまったからね……。何かあったのかねって思って……」

「なんにもないよ、なんにもない。もし、父さんと母さんの態度がそうだったとすれば、健一が一人息子で、悲しみが大きかったということよ。ショックが大きくて立ち直れなかったということよ」

「そうか……、そうだよね」

私は、なんだか気勢が削《そ》がれた気分だった。しかし、姉の言葉はとても嬉しかった。思わず笑顔が弾けた。長い間の呪縛から、私は一気に解放されたような気分だった。

「父さんも、母さんも、健一兄さんを亡くして、とても辛かったんだよね……」

「そりゃ、そうだよ。……変なことを言う妹だね」

「みんな、仲良く、あの世で、幸せに暮らしているかしら」

「当たり前だよ、ますます変なことを言う妹だね」

姉は、本当に心配そうに私の顔を見た。

私は、姉に心の動揺を悟られたくなかった。必死に笑顔を作って、姉の目の前にある茶碗に茶を注いだ。久しぶりの帰省での世間話が、ひょんな方向へ向かっていた。

姉は、すぐに私以上に笑顔を作って茶を飲んだが、やがて、私に向き直って真顔で言った。

「登喜子……。何か心配ごとでもあるの？」

「ううん、何もない。大丈夫、何もないよ」

私は、視線を落としたままで、茶を啜《すす》った。

「あんたにも、父さんや母さんの面倒を長いこと見てもらったけれど、苦労をかけたからね……。どう？　そろそろハワイにおいでよ。たった二人だけの姉妹だし、一緒に暮らそうよ。ダグラスも、このこと、オーケーしているよ。あんた、ハーニーは、いないんでしょう？」

「ハーニー？」

「恋人のことよ」

「まさか、いないわよ」

「そう、そうだよね。いろいろとあんたは忙しかっただろうしね……。ハワイは、いい所だよ。きっとあんたのハズバンドも見つかるよ。私、あてがあるのよ」

「姉さん、冗談でしょう、こんなおばさん……」

「おばさんじゃないよ、登喜子は充分魅力があるよ」

姉は、にこにこと笑いながら私を誘ってくれる。

「はい、有り難うございます。そのお言葉だけで充分です」

「充分じゃないよ、考えてみてよ」

「有り難うございます」

私は、笑顔になって、姉に向かった。健一兄への疑惑から解き放された私は、やはり浮き浮きとした気分になっていた。姉も、たぶんそういう気分になっていたのだろう。突然、笑みを浮かべながら言った。

「私たちはイクサヌ、クェーヌクシだからね。皆の分まで、幸せにならないとね」

「えーっ、今、なんて言ったの？」

私は、慌てて聞き返した。

「イクサヌ、クェーヌクシ。戦争の食い残しさ。ウチナーグチでそういうのでしょう？」

「だれのことを？」

「あれ、私たちのことをさ」

姉は、そう言うと、太った体を豪快に揺すって、再び大声で笑った。

姉は、四日間の滞在だった。しかし、その四日間は、何倍もの日数を刻むほどの濃密な時間で慌ただしく過ぎていった。一日目こそ、我が家で旅装を解いて、のんびりと昔話に明け暮れたが、二日目からは、一気に正月が四、五年分ほど重ねてやって来たような忙しさに追い立てられた。

父と母の法事が行われた二日目は、朝早くから、依頼をしていた村の婦人会の人々がやって来た。台所で、甲高い声を上げながら、法要の料理を作った。久し振りに会う姉と肩を抱き合って涙を流したり笑い合ったりと、家中は、騒々しさでごった返した。その合間をぬって、父や母、そして健一兄や文子姉が祀られている先祖の墓参りに出掛けた。

午後からは、お寺の坊さんを呼んでお経を唱えてもらった。それが終わると、ひっきりなしにやってくる弔問客を接待し、礼を述べた。四人一緒の法要で、三十三年忌とも重なったから、来客は多かった。あっという間に日が暮れた。

その間には、ジュディを迎えたり、送ったり、さらにジュディや姉を、弔問者たちに紹介したり、また手伝ってくれている婦人会の皆へ礼を述べたりと、さすがに日が暮れて床に就くときには、一日の疲れで、ぐったりしていた。

三日目は、姉を連れて、親しい親戚へ法事のお礼を兼ねながら、帰郷の挨拶に周り、四日目には、再び江利子にお願いして、ジュディと旅立つ姉を見送りに飛行場まで行った。

姉の乗った飛行機が飛び立つのを見届けると、法要を無事済ませた安心感も加わって、一気に年を取ったような気分に陥った。気力を喪い、呆けたようになって、数日間を過ごした。

10

「いやあ、びっくりしました。この名簿の噂を聞いてやって来たのですが、来た甲斐があったというものです。なんと言っていいのか……、だれに頼まれたわけでもないのに、こんなに立派な死亡者名簿を、たった一人だけで作成していたなんて……、すごいことです」

比嘉《ひが》と名乗るその男は、父の作成した名簿を見ながら、しきりに感心し、盛んにため息をついた。傍らに座っている妹も身を乗り出すように名簿を見つめている。さらにその傍らに座っている母親は、もう八十歳を越えていると紹介されたが、娘の傍らで、無表情に、目を宙に泳がせている。

K共同墓地死亡者名簿を見せてくれと訪ねてくる人々は、戦後五十年余が経った今でも、一年に数人はやってくる。目前の二人の兄妹は、私が注ぐ茶を手に取ろうともせず、食い入るように名簿を見つめている。

「たしかに、ここに知念吉男《よしお》という名前があります。死亡年齢は五歳……。母が、父と結婚する前に、知念という人と結婚していたということは、薄々知っていましたが、吉男という子供がいたということは、まったく知りませんでした。母は、一度も、そんなことを話さなかったものですから……」

比嘉さんは、そう言うと、大きく肩で、息をついた。

「母は、もうすっかり呆けてしまっているんですがね。突然、数か月前から、よしお、よしお、と言い始めましてね……。ユタを買ったり、親戚の者に、いろいろと尋ね回ったら、どうやら母には、戦死した前の夫との間に、よしおという息子がいて、このK共同墓地に埋葬されているらしいということが分かったのです。それで、今日は、妹共々に、意を強くして、母と一緒に伺ったわけです……。いやあ、しかし、本当に驚きました。母が元気な間に、死んだ兄さんの供養が出来そうで、よかったです……」

母親の左隣に座っている妹さんが、老いた母の手をさすりながら、話を受け継いで言った。

「本当に、有り難うございます。実は、私の友人の知り合いの方が、先々週、こちらの法事に参加したということで、その友人から、K共同墓地死亡者名簿のことを知りました。失礼だとは思いましたが、是非、見せて頂きたいと、兄と相談して、伺った次第です。有り難うございました……。母さん、本当によかったね。吉男兄さんを供養することが出来るよ」

母親は、娘さんのその言葉にも、特に反応はしなかった。母親には、事態が飲み込めていないようにも思えた。息子の死を、どのような思いで、戦後の長い歳月の間、封印してきたのだろう。

「この名簿が、お父さんからお母さんへ、そしてお母さんから娘さんへ……。このように書き写されて引き継がれているということも、すごいと思います……。なんだか、とても信じられない」

比嘉さんは、感心したように、また、ノートを食い入るように見つめた。

父のノートは、綴じ糸がほぐれ始めている。ノートの縁から、セピア色に変色を始めてもいる。ノートの端が、破れているのもある。ノートには多くの遺族たちの、思いのこもった指先の跡がついているはずだ。

母のノートも、父と同じような大学ノートであった。私は、父や母と違い、ルーズリーフの付いた茶色い表紙のノートに、書き写し始めている。

「それでは、そろそろ行きましょうか。お墓まで、私が、ご案内致します」

「どうか、よろしく、お願い致します。つい名簿に見とれてしまいまして……」

「ねえ、兄さん……。ひょっとして、母さん、現場に立つと、記憶が戻るかもしれないね?」

「そうだね、そうだといいけれど……、どうだろうかね」

二人の兄妹は声を掛け合いながら、母親を両側から抱きかかえるようにして立ち上がらせようとする。しかし、母親は、なかなか立ち上がらない。口元をもごもごと動かしているが、老いのせいだろうか。それとも、子供たちの言っていることが、いまだ理解出来ないのだろうか。頭髪は、すでに白く変じている。

先日の法事の席上で、父や母が作成したK共同墓地死亡者名簿の話題が出たとき、親戚の一人が、死亡者名簿を、村役場へ渡して、埋葬地を管理させ、遺族を案内する仕事も、すべて村役場の仕事にすべきだ、と意見を述べてくれる者がいた。

もし、村役場の方から、この名簿を保管し、遺族への対応もしたいと申し出があれば、登喜子はそうしてもらおうかと思っている。しかし、まだ連絡はない。それまでは、父や母がしたように、自分でやるしかない。

登喜子は、もうすぐ還暦を迎える。母の死後、一人で農業をすることが困難になって、小さな雑貨店を営んできた。父母から譲り受けた土地は、食べるだけの野菜を植える分以外は他人に貸してある。村の子供たちからは、墓案内をしながら一人暮らしを続けている変なおばさんに映っているかも知れない……。

比嘉さんの目前に広げたノートを、もう一度見る。父は、死亡者名簿を三つに分けて作成していた。一つは死亡者の氏名等を記した一覧表で、他の一つは、一人一人の埋葬場所を示す見取り図、そして、他の一つは、未完成ではあるが、病名やG米軍野戦病院での入院期間、負傷場所などを記した詳細な説明書である。

一覧表は、十五歳未満と、十五歳以上に分けられている。それぞれ、氏名、年齢、本籍地、死亡月日を記入し、連番を打っているが、なぜ十五歳で区切ったのかは分からない。母に尋ねれば、或いは答えてくれたかもしれないが、それも定かではない。

死亡年月日は、十五歳未満が、昭和二〇年六月三〇日から十月四日まで。十五歳以上は同じ年の八月三十一日から始まって、十二月二日で終わっている。約四か月から半年ほどの期間の死亡者名簿だ。

しかし、この半年の間に、父が埋葬した人々は、十五歳未満が六十二人、十五歳以上は三六四人、合計四二六人にもなっている。

名簿の空白部分は少なかった。氏名欄で空白になっているのは、十五歳未満で二人、十五歳以上で三人。そのうち一人は、日本軍人とだけ記されている。

年齢の空白部は、十五歳未満で十人、十五歳以上で九人。本籍地の空白は、十五歳未満には一人もいない。死亡月日が空白になっているのは十五歳未満で八人、十五歳以上は、ゼロである……。

父は、空白のままにした欄のことを、無念に思っていたかもしれない。あるいは、そのために亡霊になって私の前に現れ続けているのだろうか。書き写すことで、父は母に、母は私に、何を伝えようとしたのだろう……。

「さあ、母さん、行くよ……。吉男兄さんに会えるよ」

「イチ、ニノ、サンと」

目の前の比嘉さん兄妹が、掛け声を合わせ、再び両側から母親を抱きかかえるようにして立ち上がらせた。母親を間に挟んで、三人は、身体をすり寄せるようにして玄関を出た。

私は、三人の後ろ姿を見ながら、ふと姉から誘われているハワイ行きのことを考えた。村役場へは、こちらから電話をしてみようかとも思った。

しかし、村役場が決断をしてくれるまでは、当然母の遺言を、実行し続けねばならない。村役場へ委託することは、父の思いを断念することにはならないだろうか。父の亡霊は、何も語らないが、次に現れたら、そうしていいのか、尋ねてみようと思った。

玄関を出て、我が家の小さな庭に目をやる。母が大好きだった日々草の薄紅色の花が、咲き誇っている。魔除けのヒンプンの役割のために、父が植えた仏双華の緑の葉にも、真夏の太陽は、さんさんと降り注いでいる。私が植えた縁側のサルスベリの樹にも、小さな蕾が付いている。

私は、麦わら帽子を手に取り、門前を出ていく三人の親子に眼をやった。三人の影は、いつの間にか四人になっていた。私は思わず笑みをこぼした。三人に寄り添うようにして歩いているもう一つの影は、あきらかに父の後ろ姿だった。

父の背中は、イサトゥヤッチーと呼ばれていた当時と変わらずに痩せていた。その背中を折り曲げ、ゆっくりと歩いていく。その父が立ち止まり、振り返って私を見つめ、にっと笑ったように思った。私は思わず微笑みを返すと、思い切り手を振った。同時に、父が、なぜ十五歳で死亡者名簿を区切ったのか。その理由も分かったような気がした。

私は、父の亡霊はもう二度と現れないだろうと思った。麦わら帽子を被ると、父たちに追いつくために、急いで歩き出した。私の胸には、熱い思いが、どっと溢れ出していた。

沖縄から書くことの意義——あとがきにかえて

大城貞俊

小説「G米軍野戦病院跡辺り」を脱稿したのは数年前だ。脱稿後、ある出版社の原稿募集に応募して優秀賞を受賞した。出版を勧められたが、幾ばくかのためらいがあった。その理由の多くは、もう少し推敲を重ね、作品を客観視する時間が欲しいように思われたからだ。

昨年、やっと作品を手放せる程の時間を経て、意を決して出版依頼の連絡をしたが繋がらなかった。その出版社は倒産していた。不運を嘆いた。私の不運と言うよりも作品の不運だ。同時に、生まれることを拒否された作品がいとおしくなった。この作品は、私が表現者として立つ位置さえ示しているようにも思われたからだ。

小さな関わりを手掛かりに、人文書館の道川文夫氏に原稿を読んで貰った。道川氏は、即座に依頼を引き受けてくれた。一度は、出版を断念した作品にスポットを当てる機会を与えてくれた道川氏への感謝の思いはいっぱいである。

表現者は、たぶん、だれでもが、なぜ書くか。なぜ自らの作品を出版するのかを自明のこととせずに問い続けているはずだ。あるいは、出生と生きることの必然性を疑う日々を経て、書く意義を獲得するはずだ。

私の場合は、随分と長い時間を要したが、沖縄で生まれ、沖縄で生きていることと深い関わりがあるように思う。沖縄の地は、去る大戦で地上戦が行われ、兵士だけでなく、県民の三分の一ほどが犠牲になった。戦後も、米軍政府の統治下に置かれ、様々な辛酸を嘗めてきた。戦争という体験は、土地の精霊をも巻き込み、今日までも、人々の生き方を規制している大きな要因の一つになっている。

沖縄の現在を考えれば考えるほど、この戦争体験を抜きにすることは出来ない。沖縄の人々の生き方を凝視すればするほど、死者を忘れない土地の特質に出会う。虐《しいた》げられ、苦しめられ、悲しみの極致にいてもなお、死者との再生とも喩えるべき優しさを有している。私は私が生まれ育ったこの土地に、畏敬の念を感じると同時に大きな魅力を感じている。

考えてみると、このことは、私が、生き続けることの要因の一つにもなっている。私は団塊の世代と呼ばれ、全共闘世代とも呼ばれ、学園民主化闘争と、政治闘争を、二十歳前後に体験した。さらに沖縄の地であるがゆえに、復帰・反復帰闘争や、反安保闘争のラジカルな洗礼を受け、生きることの意味を鋭く問いつめられた。

私は、そんな中で、目の前に露見した状況に戸惑うばかりで、詩の表現を免罪符のように獲得して悩んでいた。自らの卑小な存在に、生き続けることさえ疑うようになっていた。「ぼくは二十歳だった。それが人の一生で一番美しい年齢だなどとだれにも言わせない……」と、ポール・ニザンの『アデン・アラビア』の一節を口ずさみながら、しかし、書くことの意味さえ疑っていた。

転機は確かにあったように思う。私自身へのみ関心を有していた自閉的な視点から、他者の具体的な日常へ想像力を飛翔させることが出来るようになるまでには、いくつかの契機があった。それは、詩の世界から散文の世界への関心と重なってやって来たと言ってもいい。例えば、身近な体験をあげると、シルクロードの旅や、父の死、あるいは娘の誕生などが、その契機になった。

シルクロードの旅は、一九八〇年代の半ばごろであった。自然の雄大さや、人間の様々な暮らしのありように驚いた。ネイチャーショックとかカルチャーショックとかいう言葉を越えるものだった。権力のおぞましさや人間の愛憎の歴史、あるいは長い時間の尺度で物事を測り、ミイラと化した先祖と身近に暮らす砂漠の民の価値観は、私の生き方を激しく揺さぶった。

時を同じくして、父の死や娘の誕生も、卑小な私の存在に気づかせてくれた。父が一生を閉じる闘いを見ながら、人間はだれでもが死ぬ。このことを分かっていながらも、病気と闘い、破れ、あの世へ送られる。そんな人間の存在がいとおしくなった。また、幼い娘に、「波は、だれが動かしているの?」と問いかけられると、私と娘の間には、確かに違う世界があるように思われた。最も身近な存在に他者を発見したのである。

私の想像力は、父の人生に、娘の日常の時間に、シルクロードの人々の暮らしへ、容易に飛ぶことが出来るようになった。それは私を離れて、私自身を考えることが出来るようになったということでもある。私は、私だけのものではない作品を書きたくなった。比喩的な言い方をすれば、私は散文の時代へ突入し、小説「椎の川」や「山のサバニ」、「アトムたちの空」「記憶から記憶へ」、そして「運転代行人」を書いたのである。

私は、沖縄の地で生まれ、沖縄の地で育ったことを、表現者としては僥倖のように思っている。死者をいたわるように優しく葬送する一連の法事や、また沖縄戦をも含めて、死者を忘れない共同体の祭事やユイマール（相互扶助）の精神に守られて、私もまた、生かされているように思う。

もちろん、それゆえに、抑圧的な権力や戦争に無頓着ではいられない。それは過去だけでなく、現在や未来にまでも繋がっていく視点だ。

私は今、沖縄の地で生きる時間と空間の偶然性を宿命のように感じている。この地にまつわる矛盾や課題は、それぞれの方法で担う以外にない。この地で生きる人々の苦悩や喜びは、普遍的な苦悩や喜びである。戦争を描くこともまた、人類の普遍的な課題である。私は、私の方法に到着した。人文書館のスタッフに再び感謝しつつ、この作品を、多くの人々に読んでもらいたいと願っている。

平成二十年　春

協　力　根本有華
　　　　田主　誠

編　集　道川龍太郎

大城貞俊……おおしろ・さだとし

1949年 沖縄県生まれ。

1972年 琉球大学法文学部国語国文学科卒業。

開邦高校教諭、県立教育センター研究主事、県教育庁県立学校教育課指導主事を歴任。

現在、昭和薬科大学附属高等学校・中学校教諭。琉球大学非常勤講師。

「沖縄県ハンセン病証言集」編集委員会委員長。『詩と詩論・貘』主宰。詩人・作家。

主な著書

詩集『夢・夢夢(ぼうぼう)街道』(編集工房・貘)

評論『沖縄・戦後詩人論』(編集工房・貘)

評論『沖縄・戦後詩史』(編集工房・貘、沖縄タイムス芸術選賞文学部門奨励賞受賞)

小説『椎の川』(朝日新聞社、沖縄県具志川市文学賞受賞)、小説『山のサバニ』(那覇出版社)

詩集『或いは取るに足りない小さな物語』(なんよう文庫、第28回山之口貘賞受賞)

小説『記憶から記憶へ』(文芸社)、小説『アトムたちの空』(講談社、第2回文の京文芸賞最優秀賞受賞)

小説『運転代行人』(新風舎、第24回新風舎出版賞優秀賞授賞) ほか

◉

2006年 第40回沖縄タイムス芸術選賞文学部門(小説)大賞授賞

2007年 第44回沖縄タイムス教育賞受賞

G米軍野戦病院跡辺り

発行

2008年 4月25日
初版第1刷発行

著者

大城貞俊

発行者

道川文夫

発行所

人文書館

〒151-0064 東京都渋谷区上原1丁目47番5号

電話 03-5453-2001(編集) 03-5453-2011(営業)

電送 03-5453-2004

http://www.zinbun-shokan.co.jp

ブックデザイン

鈴木一誌+松村美由起

印刷

信毎書籍印刷株式会社

乱丁・落丁本は、ご面倒ですが小社読者係宛にお送り下さい。
送料は小社負担にてお取替えいたします。

ISBN 978-4-903174-17-4

Printed in Japan

人文書館のヒューマニティーズ

＊人間の尊厳をもって、生きるということ

花に逢はん［改訂新版］

伊波敏男 著

過酷な病気の障壁と無慙な運命を打ち破ったハンセン病回復者が、信念をもって差別や偏見と闘い、自らの半生を綴った感動の記録。人間の「尊厳」を剝ぎ取ってしまった、この国の過去を克服し、共に今を生きることの無限の可能性を示唆する、伊波文学の記念碑的作品。他人の痛みを感じる心と助け合う心。

第十八回沖縄タイムス出版文化賞受賞作品

四六判上製三七六頁　定価二九四〇円

＊幽けき此の人生／人間の連を求めて

ゆうなの花の季と

伊波敏男 著

生命の花、勇気の花。流された涙の彼方に。その花筐《はながたみ》の内の一輪一弁にたくわえる人生の無念。沈黙の果てに吐き出す小さき者の声。偏見と差別は、人間としての尊厳を奪い去る。苦悩を生きる人びとが救われるのは、いつの日か。

四六判上製三〇八頁　定価二七三〇円

＊明治維新、昭和初年、そして、いま。

国家と個人――島崎藤村『夜明け前』と現代

相馬正一 著

国家とは何か。人間の尊厳とは何なのか。狂乱の時代を凝視しながら、最後まで己れ自身を偽らずに生きた島崎藤村の壮大な叙事詩的世界を読み解く！

四六判上製二二四頁　定価二六二五円

＊イノチガケ、永遠の安吾の［人と文学］

坂口安吾　戦後を駆け抜けた男

相馬正一 著

物狂いする不安な時代、閉塞する異様な時代を、どう生きるのか。生きよ堕ちよ、絶対の孤独に。坂口安吾は文学のふるさと、人間のふるさとである。太宰治研究の第一人者による、待望の長篇評論集！

四六判上製四五六頁　定価四〇九五円